全民微阅读系列

# 千年忧伤

王小宁 / 著

江西高校出版社
JIANGXI UNIVERSITIES AND COLLEGES PRESS
南昌

**图书在版编目(CIP)数据**

千年忧伤／王小宁著. -- 南昌：江西高校出版社，2025. 1. --（全民微阅读系列）. -- ISBN 978-7-5762-5013-8

Ⅰ. I247.82

中国国家版本馆 CIP 数据核字第 2024BG0182 号

| | | | |
|---|---|---|---|
| 策划编辑 | 陈永林 | 责任编辑 | 杨良琼 |
| 装帧设计 | 辰麦通太 | 责任印制 | 涂 亮 |

| | |
|---|---|
| 出版发行 | 江西高校出版社 |
| 社　　址 | 江西省南昌市洪都北大道 96 号 |
| 邮政编码 | 330046 |
| 总编室电话 | 0791-88504319 |
| 销售电话 | 0791-88511423 |
| 网　　址 | www.juacp.com |
| 印　　刷 | 永清县晔盛亚胶印有限公司 |
| 经　　销 | 全国新华书店 |
| 开　　本 | 700 mm×1000 mm　1/16 |
| 印　　张 | 9.25 |
| 字　　数 | 129 千字 |
| 版　　次 | 2025 年 1 月第 1 版 |
| 印　　次 | 2025 年 1 月第 1 次印刷 |
| 书　　号 | ISBN 978-7-5762-5013-8 |
| 定　　价 | 68.00 元 |

赣版权登字-07-2024-498

# 文化自信从读写开始

杨晓敏

近年来，随着互联网技术的不断推广和升级，现代信息技术已应用于各行各业。微博、微信、微小说、微电影，各类“微”产品，以网络阅读、手机阅读、电子器阅读、光盘阅读的形式，进入大众的视野，这种碎片化、快餐式的电子阅读，可以作为传统阅读的一种有效补充与辅助，却不能完全代替传统阅读。

我国经济的腾飞，带动并刺激着文化事业的极大进步，而文化软实力的增长，又为经济跨越式发展提供了强有力的智力资本的支持。正是这种强有力的智力资本支持,使得我们的文化自信慢慢建立起来。

学习的基本途径就是阅读。一个人的阅读力量，决定了一个人学习的力量、思考的力量、实践的力量；所有人的阅读力量，决定了一个民族的文化的力量、精神的力量、创新的力量。中华民族伟大复兴的中国梦，要靠全国人民共同来实现。提高全民素质，提升全民文化自信，繁荣民族文化，从阅读开始。

为了提高全民素质，建设书香社会，政府正采取一系列有效举措，营造阅读环境，倡导全民阅读，譬如开展读书日、读书月活动。一些省市通过整合全民阅读资源，打造了一批有广泛影响力的全民阅读“书香”品牌。还有些地区成立了“农家书屋”，送书下乡，让书香墨香飘进寻常百姓家。

作为近三十年才成长起来的一种新文体，小小说的质朴与单纯、简洁与明朗，加上理性思维与艺术趣味的有机融合及其本色和感知得到、触摸得着的亲和力，使其散发出让青少年产生浓厚兴趣的魅力。小小说是一种新文体的再造，那些优秀的小小说作品，是智慧的浓缩和凝聚，是技巧的提炼和运用。小小说是训练作家的最好学校。小小说贴近生活，紧扣时代脉搏。大千世界，瞬息万变，小小说能以艺术的形式，迅速地反映生活热点，传播社会信息，成为了解社会生活的一扇窗口。小小说可以培养青少年的想象力，让他们展开飞翔的翅膀。近年来，大量小小说编入高考作文，入选各类优秀阅读丛书，为越来越多的年轻读者所喜爱，显示出它强大而茁壮的生命力。

北京辰麦通太图书有限公司的《全民微阅读系列》图书，至今已编辑策划200多册。它以全力助推全民阅读为宗旨，以务实求精的编选作风，为读者精心遴选了大批风格各异的小小说佳作，引领读者步入美好的阅读丛林。

北京辰麦通太图书有限公司有着具有超前市场运作意识的优秀团队，在图书出版过程中，不但追求内容的丰富多彩，在装帧设计方面，也力求超凡脱俗。在众多“中国梦”“新时代”文学丛书系列中，它像一朵充满朝气与活力的奇葩，正逐步形成自己恒久的品牌和名牌效应，为提升全民文化自信、实现中华民族伟大复兴添砖加瓦。

**杨晓敏，河南省新乡市获嘉县人，生于1956年11月。河南省作家协会副主席，河南省小小说学会会长。曾任《小小说选刊》《百花园》主编二十余年，编刊千余期，著述七部，编纂图书近四百卷。**

# 目　录

**第一辑　日子** …… 1

爱人 …… 2
日子 …… 4
会好的 …… 7
那天下午 …… 10
夜幕下的行走 …… 12
桃花源 …… 14
转转 …… 17
向蓝天飞去 …… 20
幸福 …… 22
看医生 …… 25
男人 …… 28
你有桃花运 …… 31

灯 ........................................34
一棵树 ........................................37
命运........................................39
生活........................................41
那天夜里........................................43
活着........................................46
有关过年及其他 ........................................48
相遇........................................51
小宁，你好 ........................................54
眺望........................................57
讨水........................................60
想念小黄........................................63
你好........................................65
**第二辑　千年忧伤 ........................................68**
千年忧伤........................................69
阿巴拉古........................................72
外星人来了 ........................................75
左耳........................................80
雨中的猫........................................82
淅淅沥沥的小雨 ........................................85
归来........................................88

囚……91
一只蚊子……93
竞选……96
塑造完美……98
和谐人生……101

**第三辑　洹水岸边……104**

铜雀台……105
一鼎红烧肉……108
守护……110
化作一抔土……112
华佗之死……115
无名氏……118
相思亭……120
刘阿斗……123
面具……129
较量……131

**第四辑　在我心中，你最美……134**

在我心中，你最美……135
历史……137
西行路上……138

# 第一辑　日　子

直到现在，我依然不相信表姐走了。表姐刚才看着还好好的，能说话，要喝水，咋说不行就不行了呢？

我一直觉得，表姐还在那儿洗衣服，水正哗哗地流，流出了生生不息的日子，流出了五彩缤纷的生活……

# 爱　　人

你爱人呢？任在世一时没反应过来，爱人是谁？

你爱人呢？医生又问。任在世终于在脑海中搜索出了那两个字：爱人——自己的另一半！任在世想，这个是有。

你爱人呢？医生有点儿急躁了，赶紧让他来签字，要做手术呢。

我爱人……任在世刚想说，又停住。因为她忽然想起一些事。有一次她发烧，迷迷糊糊地躺在床上，忽然感到嗓子眼儿冒火，口干得厉害，就想喝水，可喊了半天没有人。她正着急，只见家里的小狗叼着一瓶水急匆匆地跑来了……

吃过饭，任在世看见他又一屁股坐在那儿看手机，头都不抬，就说，你是不是也该跟活人说说话啦？

说啥话？老夫老妻有啥可说的？他说。

任在世无语。

看她没反应，他又说，你没看我正忙吗？

任在世躺在床上，浑身疼。昨天下班光顾着往家赶，忽然咚地一下摔在地上了，爬起来一看，原来是路上的窨井盖儿没了。任在世揉揉胳膊甩甩腿，感觉各部位的零件儿还会转，就没去医院。可这时，感觉哪儿都疼，哪儿也不敢动。敢情是那会儿把零件儿摔麻了，现在苏醒了，都在那儿龇牙咧嘴地叫喊呢。任在世想起网上说，音乐可以缓解疼痛，就说，放首音乐听听吧。没人应，她又喊了一声，还是没人应。

任在世醒来时，肚子咕噜了一声，她想吃饭，就喊了几声，谢天谢地，这回进来了人。她说，我饿了。那人出去了一会儿，端进来一杯水，说，先喝点儿水吧。

赶紧让你爱人来，等着手术呢。医生说。

来了来了。一个男人跑过来，对医生说。

任在世看了看，不像是自己的爱人，说，他不是我爱人。

男人看看她，扭头对医生说，别听她胡扯，我是她爱人。

不是。任在世强调。不是我是谁？男人气愤地说，我们都生活了几十年了。

任在世，过来。一个护士喊道。任在世赶紧过去，忽然想起什么，扭头对医生喊道，他不是我爱人，别让他签字，他会害我的。

醒来时，任在世看见那个男人正坐在床边，表情很焦急。看见她睁开眼了，男人急忙问：好点儿没？

任在世活动了一下身子，感觉不舒服。男人急忙整理床铺，把多余的东西拿掉，又用力扯了一下被子，帮她盖好，问道，舒服些吗？

任在世说，舒服多了。

男人又问，那你喝水不？任在世想了想，说，喝点儿吧。

男人急忙倒了一杯水递过来。水热气腾腾的，任在世看见男人那张有些苍老的脸，褶皱很多。他是谁呢？任在世想，谁这么近距离地在自己身边呢？任在世又看了看那张满是褶皱的脸。忽然，她看见了一张熟悉的脸，一张阳光的脸。好多往事奔涌而来，那些温馨的记忆一幕幕地清晰起来……

哦——他好像是……应该是我爱人！

# 日　子

至今想起来，我还有点儿恍惚，表姐走了，她的音容笑貌还在。难道她真的永远走了？我再也看不到她了？

表姐是我的一个远房亲戚。她父亲去世早，母亲带着她又改嫁了。结果没几年，母亲又病逝了。继父家里的人都不喜欢她，她没少受白眼，饥一顿饱一顿地在泪水中长大。

不过，表姐长相还可以。特别是那双眼睛，典型的丹凤眼。不像舞台上的那些演员们画出来的，她是天生的，是爹妈给的。所以到了谈婚论嫁的年龄，她有幸找了一位正在服役的军人，几年后便随了军，过上了幸福的生活。

可舒心日子没过几天，风云突变，丈夫要转业，把他们一家扔在了十字路口。

走是肯定的。回哪儿去才是问题。

老家的父母都不在了，再说，人往高处走，水往低处流不是？托关系找门路吧，最后总算是留在了这个城市。大家皆大欢喜。在这个陌生的城市里，我们多了一个亲人。

谁知喜悦的心情还没平静，刚刚安顿下来不久，她的身体就出现了不适。到医院一检查，问题还是有的，赶紧吃药。

我去看她，她那时住在租的房子里，单位的房子还没落实好。一进门，我就闻到一股浓烈的中药味儿。表姐正在洗衣服，桌上放着一碗黑黄色的汤汁儿。

我放下手里的东西，要帮表姐洗，表姐说，快完了，你先坐吧。

我指了指桌上的碗，问，你喝的？表姐说，嗯，上午一碗，中午一碗，

难喝死了。

我不知道该说啥。看着原来白白胖胖的表姐现在又黑又瘦的模样，心里直叹息。

表姐很乐观，总是笑着说，吃着药呢。

到了医院，表姐躺在床上，闭着眼，我坐在床边，不敢吭声。

门口有几个人，没进来。我一个人傻傻地坐在那儿，也没想到要跟表姐说什么好，只想着，她休息呢，别弄醒她。

咋还没来呢？表姐突然说了一句。

谁没来？我问。

表姐没吭声。

我想，表姐累了，没力气了。

屋里又静下来。

水……

表姐又说话了。门口的人冲进来，我也忙着去拿水杯，我们伺候着表姐喝了水，又扶她慢慢躺下，帮她掖好被子。看着表姐慢慢平静下来，又闭上眼休息了，我才松了口气。

我坐在床边，看看表姐，又看看窗外，窗外没有动静，屋里也没有声响。

有人不时进来看看，但都没发出声音，都沉默着。

咋还没来呢？表姐又问了一句。

快来了。有人答。

终于，屋外有了喧哗声，接着就进来几个人。原来是老家的那些人。

我们来迟了……他们走到床边，俯下身子对着表姐说。

表姐睁开眼看了一下，又闭上了。

直到人们低着头慢慢地一个一个地走出去，她的眼睛再没有睁开。

表姐就这样走了。

直到现在，我依然不相信表姐走了。表姐刚才看着还好好的，能说话，要喝水，咋说不行就不行了呢？

我一直觉得，表姐还在那儿洗衣服，水正哗哗地流。对了，表姐还给我洗过衣服和被子呢。有一次，我要出门，就把钥匙放在了她家，让她有空过来帮忙照看一下。结果回来一看，家里哪儿都干干净净的，连床单被子都换洗过了。我不知道说啥，只是看着表姐笑。

表姐说，笑啥？傻丫头！

# 会 好 的

双眼皮儿，大眼睛，雪白的脸上，嵌着一个黑黑的小鼻子。我常常忍不住嫉妒，你咋长得这么好看呢？英子歪歪头，看看我，就不理我了。

英子是一个朋友送的，是一条狗，来时刚满月。当时我正在看一本小说，里面的主人公叫英子。我就“英子英子”地叫它，它不理睬。后来叫的次数多了，它终于有反应了，我一叫英子，它就抬起头来看我。再后来，我一叫英子，它就颠儿颠儿地跑到我面前，看着我，等待着我的指示。

其实我也没啥指示，那段时间吧，我生活有点儿糟糕，情绪不高，坐在那里总爱犯傻。

英子总是轻轻地来到我身边，“汪”一声，然后趴下，望着前方。过一会儿，它会抬头看看我，然后再趴下，再望向前方。

晚上，英子不睡觉，值夜班。因为夜里老鼠是不睡觉的。英子一看见它们来，“嗖”一下就扑上去，吱吱的歌声就没了。

天冷的时候，屋里很冷，老鼠也躲进洞里去了。我们就抱在一起睡，互相取暖。

有一天正睡着，忽听见一声“会好的，会好的”。我睁眼一看，啥也没有。只有英子在旁边睡着，我摇醒它，问，是你说话吗？英子看看我，翻了个身，又睡了。

搬家那天，英子忙坏了，一边里里外外地看护东西，一边警惕地注视着来来往往的陌生人。

在新屋里，英子在每个房间走来走去，看看有啥东西丢失没有。

直到我把门关上，它才确定一切平安无事，眼里露出了兴奋、惊喜的光。为此我还写过一篇《英子住新屋》，可惜没有发表。

有一次，朋友邀请我到她那儿玩几天，我很高兴。可英子咋办呢？朋友出主意，让它先去宠物寄养所住几天。

我找到一家宠物寄养所，看了看条件还可以，就同意了。到了朋友那儿，我玩着玩着突然想起了英子，就往回跑，下车后直接去接它，英子却不理我。“英子，英子，我错了……”我一遍遍地叫，英子就是不理我。噘着嘴，拉着脸，看都不看我。

有一次和一个朋友讨论一篇小说，我说，这纯粹就是一个故事，有啥看头！不如去看《故事会》。

朋友说，你没故事有啥看头呀？谁有闲心看你那些啰唆的东西？高铁都又要提速了。

我们越争越凶，声音不觉大了起来，惊扰了在一边儿玩耍的英子。

英子本来在一边儿玩纸片儿，不管我们的事。听声音高了，它抬头看了看，立刻跑过来，站在我身边，对着朋友就“汪汪汪”地叫，眼里喷着火。

朋友本来有点儿恼意，一看英子这认真劲儿，扑哧一声笑了，得，我吵不过你们俩，我走了。

英子不罢休，一直追到楼下，看着她的车子越走越远，消失在了大门外，“汪汪汪”吠叫三声才作罢。

“会好的，会好的。”

有一天，我正在午睡，忽然听见有说话声，睁眼一看，没人，只有英子在旁边睡得正香。我推醒它，问，刚才是你说话？英子瞪着眼，看着我，一脸懵懂的样子。

突然，我看到英子——天哪，英子的脸上咋有沟沟了？而且还是好几道沟沟！

再仔细看，唉呀，英子的毛也粗了。

难道英子老了？

当意识到这一切可能都是真的时，我看着英子，心里酸了一下。

英子是静静地离开的。真的，一点儿也没麻烦我，就那么悄悄地走了。

我一想起这个情景，就想哭。

没有英子的日子，还真有点儿不习惯。我总是会毫无征兆地突然想起它，想起我们在一起的日子。

最后一次去看它，是因为我又要搬家了。

我对英子说，英子，我真的又要搬家了。祝福我吧……

# 那天下午

那天下午，天气很好。靳丽坐在院子里，看着墙根的一簇簇野花，开得红红火火。

靳丽闭上眼睛，吸着花香，多日来的郁闷一扫而光。

远处有音乐在响。靳丽听了听，是一首抒情歌曲，谁唱的想不起来了。她跟着调子轻轻地哼起来，哼着哼着，好像听到有什么声音在响，睁开眼，看见墙头上出现了一只鸡。哎，这是谁家的鸡呢？周围邻居家没有养鸡呀。它是从哪儿来的呢？

她看见那只鸡的鸡冠和下面的髯都红红的，很好看。羽毛也亮亮的，很美。它在墙头上昂着头，迈着很绅士的步子。它四下里张望了一下，大概是看见了院子里的靳丽，就仰起头对着她"喔喔喔"地叫了几声。靳丽笑了，对着它说，哎，我看见你了，你没必要那样张扬。

不过鸡才不管她怎么想呢，在墙头上走了几步，对着她又"喔喔喔"地叫了几声。

靳丽就问，你是谁家的鸡？怎么跑到这儿来？鸡看着她，没有"喔喔喔"地叫。

靳丽说，你不愿意说，是不是？鸡看着她，"喔喔喔"叫着。

靳丽笑了，说，好，好，你不愿意说，我就不问你了。你自己玩儿去吧。待会儿饿了，我给你米吃。

靳丽闭上眼睛，又听起歌来……

在这儿，在这儿呢。她听见隔壁院子里有声音飘过来，一睁开眼就看见有双手抓住了那只鸡，把它拖下去了。她听见鸡扑扇着翅膀使劲儿地叫，声音很惨。

她跑到墙边问，干啥抓它?

邻居说，买来吃的，跑了。原来它在这儿……还想往哪儿跑?

靳丽蹦起来，喊：别杀它。她一边喊一边往墙头上扒。当靳丽扒上墙头时，看见邻居拿着刀，从屋里走出来。靳丽头一缩，跌下来了。

靳丽听见鸡猛地大叫一声，然后呱呱呱地惨叫一阵。接着惨叫声一声比一声弱了下去……直到什么声音也听不见了，周围又恢复了平静。

等靳丽缓过神来，感觉身体空空的。周围的一切都暗下来。墙根的一簇簇野花也都失去了鲜艳的颜色，暗暗的。

# 夜幕下的行走

下车时已是深夜，这会儿公交车肯定是没了。我问了几个出租车司机，他们只跑远路，不跑市区。

在一个路口，我等了半天，也没见有车过来，就往前走。边走边等吧，老待在这儿也不是办法。这时车肯定不多。

我顺着大路在路中间走，不走小路。这点儿意识我还是有的。走着走着，前面的路越来越暗了。我有点儿害怕，路灯呢？哦，前边好像要拐弯儿。不对呀，拐弯儿也该有路灯呀。是不是灯坏了？我往亮的地方走吧。

我走到一个路口，但这条巷子还不短呢，也是黑乎乎的。不过能看见巷口那边儿有光亮，还有说话声，好像还有一辆警车在那儿。

我看着巷口的光亮，想着还得走过这段黑乎乎的路，有点儿犹豫。这时，有辆车忽然拐过来，朝小巷里开。我赶紧跟上去，可它跑得快，很快就消失在了巷子的另一头。黑暗又笼罩了我，我心里又紧张起来。忽然想起旁边就是个小商品市场。这个时候，里面黑乎乎的，外面的空地上也黑乎乎的。我脑子里迅速闪过《今日说法》里的故事。我感觉有个窃贼偷完东西跑出来了，咚咚咚的跑步声越来越近，我拔腿就跑。当我终于跑到巷口的光亮处时，发现这里停的真的是一辆警车。回头看，没发现有人，我这才感到身上已经出汗了。

在警车的保驾护航下，我轻轻松松地走了一段路，还哼了一会儿《春暖花开》。很快我又想，那巷子里有没有监控？如果有监控，警方在查看监控时，会不会看到我走着走着，突然跑起来了？假如小商品市场正好失窃了，如果警方问我，我该怎么说？如果我实话实说，

他们会不会相信？如果不信，他们会不会继续盘问？这么晚了，你干啥去了？为什么突然跑起来？……

“去哪儿？”我愣了几秒，才看见有辆出租停在我身边，司机正在问我。我看了看车里面，黑乎乎的，司机的脸上暗一块亮一块。我说，我家就在前边。

到了前边的路口，我喘了口气，休息了一会儿，左右看看，除了昏黄的灯，就是黑乎乎的夜色。走吧，这时离家真的不远了。我加快了脚步。后边传来了说话声，我放松了片刻，但很快又紧张起来。因为随着自行车的声音越来越近，我突然想起，有位哲人说过，世界上最可怕的东西是什么呀？不是别的，就是人！在这静悄悄的夜色里，昏黄的大路上，突然出现一个人，黑乎乎的，看不清模样。你说你是啥感觉？还不如遇见个猫，遇见个狗呢。就在我紧张到脑袋发蒙的时候，两辆自行车飞过去了。骑车的是两个人，一男一女。我放心了，因为他们已经走远了。我看了看提包，还在手里。掂了掂，重量没变。我换了一下，把提包拿在另一只手上，心里开始祈祷，别来人了，没人更好。

一辆自行车窜过去了。骑车人突然扭头看了看，停下问我，去哪儿了？

我一看，哎呀，这不是小区里的小王吗？我说，你咋才回家？

他说，加班了。

我说，我去省城有点儿事儿，下车晚了，没找到出租车，就走回来了。

他说，快坐我后边吧。都几点了？

坐在车上，夜风吹拂着，我心里想，嗯，还是人好。交流很方便。

# 桃　花　源

我在街上晃荡，头有点儿晕，脑子也不是太清醒。

这时过来一辆庞然大物，擦着我的身边在前边几步远的地方停下来。我一看是辆公交车，跟着人群就上去了。

售票员问我，到哪儿？

我愣了一下，问，这车到哪儿？

桃花源。售票员答。

我说，那就到桃花源！

下了车，人群一下子就散开了。留下我孤零零地站在那儿。

旁边有辆出租车，我走过去问，你们这儿有啥好玩的地方没？

司机想了一会儿，说，我们这儿有山有水，你还想要啥？

我穿过熙熙攘攘的人群，院落越来越少。风吹来，带着泥土的清香。

忽然，一阵“咯咯哒”的声音传过来。循着声音望去，原来半山坡上有户人家，声音就是从那儿传出来的。

我走过去，只见有个女人正在门口的一块儿平地上摊晒玉米。

她看见我走过来，问，哪儿的？

我说，刚下车。

她说，到这儿干啥？

我说，走走呀。这儿空气挺好的。

她说，好啥好！俺这儿脏，没市里干净，还有蚊子。

我说，市里也有蚊子呀。哪儿没蚊子？住一楼也有蚊子，高层的好点儿。

她扒拉着玉米，一下又一下。玉米棒黄黄的，颗粒饱满。

收成咋样？我问。

她说，还可以。

我说，你好像有四川口音？家不是这儿的吧？

她顿了一下，嗯了一声。

我一想，走近她，小声问，你不是被拐来的吧？

她说，不是。

我看着她，她又扒拉了一下玉米。

我说，你说实话，没事儿。这儿又没别人。我心里冒出一个念头：一定要帮她。

她说，不是，真的不是。

那你咋来到这儿的？

经人介绍。

哦，是有人介绍的呀。那你是自愿的？

嗯。

我又问，你真是自愿的？

她抬起头，说，当时介绍人说，这里有大米白面，就来了。结果呢？到了这里才知道，整天吃小米和玉米糁儿！

她又开始扒拉玉米，把玉米一扔，砸到另一根玉米上，惊得几颗玉米粒儿跳起来四散逃窜。

那你回去过没？

想回去，可没路费。

以后呢？

还回去啥？爹妈都死了。再说，儿女们也都在这儿成家立业了。

哦，他们现在都干啥？

女儿毕业后留在市里了，也在市里买了房子。儿子在家买了车，拉货送货也挣不少钱。

我笑了，熬出来了，你就享福吧。

她说，享福不享福，自己知道呀。往前看呗。

我往前看，前面有路，路很宽，通向远方。我的心里顿时亮堂了。同她告别，我就回家了。

# 转　转

小静在绿荫道上溜达，小虎蹭了过来。不是说不出来吗？小静说，又出来了。

小静不喜欢小虎。小虎嘴一张，一只小飞虫就没命了。这是小静亲眼看见的。他吃小飞虫不像大虎，大虎是看准目标，迅速行动，“咔嚓”一下咬断小飞虫的脖子，然后开吃。而小虎吃小飞虫的套路是，先躲在暗处，等待小飞虫的到来。小飞虫来了，他也不慌不忙，他要先欣赏小飞虫的舞蹈表演。因为小飞虫的翅膀是透明的，身子是绿色的，看起来冰清玉洁、高雅脱俗。在欣赏的过程中，小虎会感受到小飞虫翅膀的振动频率。这时，他会爱上小飞虫几秒。不过等小飞虫靠近时，他绝不犹豫，嘴一张，小飞虫就没了。

小虎说，你不也吃肉吗？小静一听就气短了，看见小虎也不那么厌恶了。

小虎是小静的小学同学，不知怎么搞的，现在又住到一个小区了。一开始没认出来，你说这都多少年了？小虎说，你忘了？上学时我们坐前后排，我老跟你借橡皮。小静想了想，没记忆，笑笑说，忘了。小虎说，有一次，我跑到你家去借书，站在大门口使劲儿喊，王小静！王小静！王小静！喊完，我拉着我哥躲到电线杆子后面。不一会儿，你出来了，我们撒腿就跑……扑哧——小静笑了，小虎拿出手机说，加好友加好友！

事实上，他们后来也没见过几回，这么大的一个小区，这个来那个走，就是在一个单元里，门一关，谁也不认识谁。有几次狭路相逢，小静头一点就过去了。

今天吃晚饭前，小虎在微信上说，一会儿出去转转？小静说，有事儿，不出去。现在遇到了，小静有点儿尴尬，好在有夜色遮挡，小虎肯定看不清小静的脸，所以小静一不做二不休，干脆地说，又出来了。她也不解释，心里却直后悔，咋忘了这事儿呢？其实真正的缘由是小静不太在意他，因为小静认为小虎的注意力在小飞虫身上，不在她身上。

小虎倒不介意，跟着小静一起走。

天气热，广场上到处都是人，乘凉的、唱歌的、跳舞的、模特队训练的、街舞培训的、乐器演奏的……那边开过来一队人马，他们迈着整齐的步伐，喊声嘹亮，一、二、一——他们是快步行走锻炼的，反正干啥的都有，这是名副其实的人民广场。小静听见那边有人唱歌，就过去听。小静是想甩掉小虎，她知道小虎不喜欢听歌。可小虎也停下来，还表现出很感兴趣的样子。

听了一会儿，小静想走，那嗓音没有特色。可小虎张着嘴，瞪着眼，表现出很神往的样子，不知道今天吃啥药了。小静一时也不好离开。

一曲唱完，没反应。其实周围那些听歌的都在乘凉，也许听了，也许没听。歌者说，喜欢不喜欢？静了两秒钟，有人鼓了几下掌。喜欢！小虎高兴地喊。正好有只小飞虫撞过来，小虎赶紧接住了。歌者说，不管你们喜不喜欢，反正我喜欢，我就要唱，下面我再唱一首……

小静扭身往一边走，小虎跟上说，那边有公益电影，我经常看。到了那里，果然有人正在放映片子，从画面上看，风光旖旎，美丽如画。接着跑出来一个美女，穿着很暴露，脸若桃花，笑得很甜。不一会儿又跑出来一个男人。不知因为什么原因，他们在一条小道上前后跑着，后来男人追上了美女，两个人抱在一起开始啃。这时，镜头慢慢推进，来了个大特写，并配以抒情的音乐……人群中有了笑声。小静不知他们笑什么，仔细一看，原来是男人的脸上多了个红嘴唇印！小静觉得那一点儿也不好笑，有什么好笑的？像刚喝过血！可小虎拍着巴掌，哈哈哈……突然，小虎蹦起来了，一蹦两蹦就蹦到了栓荧幕的柱子上。小静一看，原来那里聚集了好多小飞虫，正在翩翩飞舞呢……

安静了一段时间，小静松了一口气，谢天谢地，估计是不会再联系了，因为那天小静是独自先走的，没等他。叮咚——微信来了，小静一看，是小虎的微信，晚上出去转转？小静点了几下，找到删除键，轻轻一按，小虎就从小静的好友通讯录中消失了。

# 向蓝天飞去

有条件吗?

没条件。

问者看着小兰,几秒钟后,说,没条件就是有条件!

这可真冤枉了小兰。小兰真没想过要什么条件,也想不出来要什么条件。

小兰三十岁的时候还没结婚。没结婚倒没啥,一个人过挺自在。

小兰,有个帅小伙挺不错的,要不要考虑下?同事坐不住了。

小兰,我说的这个保你满意,他有份稳定的工作,家庭条件也好,有钱,见见吧?另一个同事也建议。

小兰这个耳朵进那个耳朵出。好长一段时间,小兰一直不明白,为啥要结婚?结婚干什么?

小兰去进修的时候遇到一个人,这个人对小兰表示了友好。可小兰的注意力在讲台上,讲台上的那个人,不!是那张嘴,滔滔不绝地讲着小兰不知道的东西,让小兰既感神奇又充满了向往。

聚会时,同学们都是成双成对的,只有小兰孤零零的一个人。后来同学们知道了她的情况,纷纷表示要帮她介绍一个。小兰脸上挤出笑,心里抗拒。

小兰要自己找。

找什么样的呢?小兰认真地想了一会儿。

小兰想破了脑袋,也没想出来。眼前只是一片模糊,模糊中好像有个人,但看不清脸。

人嘛,差不多就行了。朋友有时会若有所思地说。你看我,我们俩,

你也知道，就那样，凑合着过呗，都是这样……你也快四十了。朋友看看小兰，又说。

小兰表示认同。小兰还是有自知之明的。之前小兰在穿衣镜前看见过自己，小鼻子小眼的，整个就是一丑女嘛。

小兰接受了介绍。朋友的朋友说，真有一个，人一般，但他老爸是处长！小兰一听来了气，处长怎么了？这是嫁人呢，又不嫁处长！提那干吗？只是没敢说出口。

朋友的另一个朋友说，有个在外企工作的，能挣钱，有房有车。小兰一听到“车”字，立马闻到了一股汽油味儿。小兰不能闻汽油，一闻头就晕，就吐。

以后怎么办呢？朋友总是很担心她。小兰无所谓，不是还没到以后吗？

事实上，小兰有过一次婚姻。多年以后，小兰回望那段生活，天哪，那就是一场梦！梦醒时分，小兰看见，天亮了，乌云正一点点地散去。

阳光下，小兰又开始了自由自在的生活。草绿了，花儿红了，鸟儿在欢唱——世界又回来了。

小兰想去哪儿就去哪儿，想干啥就干啥。

偶尔有人看她几眼，小兰也不在意。

小兰养了好多花，兰花最多。忙碌之余，她给花浇浇水、松松土，累了，就在花旁休息一下。

有一天，小兰正在休息，迷迷糊糊地感觉自己飘起来了，身边铺满了鲜花，正在向蓝天飞去。

她感到很温暖，很幸福。

# 幸　福

醒来时，天已大亮。她听见外面有小贩儿们的吆喝声。

昨夜一宿没睡好。先是睡不着。后来有点儿迷糊了，又听见起风了。风呼呼地吹，一阵紧似一阵，还夹杂着哗啦啦、乒乒乓乓的敲打声，就更睡不着了。

昨晚她又看见那个女人了，在一家超市的走廊里。当时那个女人正在看一样东西，没看见她。她犹豫了一下，还是走过去了。她知道自己帮不了她。有些事情是很无奈的，没办法的。

好像是前年，她在一家沿街的小店铺里做事。每当夜幕降临，街上的人就少了起来。有段时间，她经常看到一个穿着破破烂烂的女人，在街上走过来走过去。有一次，她正在门边闲坐，又看见那个女人，就喊她过来坐坐。

哪儿的？她问。

女人说，很远。

她说，你在这儿……她想问她在这儿干啥，可一想，她的样子明摆着，不用问也看出来了。

她问，你好像在这儿有段时间了，咋不回家？

不回。女人说。

咋不回家？

不回。

为啥？为啥不回家？

女人的眼睛迷离起来……

那你咋生活？

女人说，有上顿没下顿。

晚上呢？晚上有住的地方没有？

就在天桥底下，或者哪儿的走廊上，或者没人住的破屋里。

那咋行呢？风吹雨淋的，还是回家吧。

女人的眼睛又迷离起来……

后来她离开了那家店铺，就没再看见过那个女人。偶尔想起来，也会想，她应该早就回家了，不会一直那样的。当初出来也许是有啥原因，过段时间平静了，想开了，她就该回家了吧。

没想到昨晚又看见了她。

也就是说，那个女人一直在这儿流浪，都几年了。

天哪，自己有吃有喝，有地方住着，还整天发愁，她这些年是咋过来的？

这样想着，那女人的样子就不断在她的脑子里闪现。下雪了，刮风了，肚子饿了，这些画面也来到了她的脑子里，搅得她坐也不是，站也不是，躺下来也睡不着。

天知道她是啥时候睡着的。

她赶紧起床。穿衣服的时候，忽然感觉很冷。对了，昨夜刮风了。天气预报说，受西伯利亚寒流的影响，近期，气温下降厉害。

她打开衣柜，找出几件衣服来。

忽然，她又在衣柜里翻起来，然后把翻出来的衣服装到一个包里，急急忙忙出门了。

走出长长的巷子，刚拐上大街，就有一人举着个话筒迎上来。打扰一下，想问个问题。

她躲了一下，想往前走。那人又迎着她说，打扰一下，我们是电视台的，想做个调查。

我有事，对不起。她向那人笑了一下，准备继续往前走。

那人紧跟一步，说，我们是电视台的，想做个调查，就问你一句话……

她停住了。

你幸福吗?

幸福?她的脑子急速转圈儿,转了几圈儿,也没想出该咋说。这问题咋回?没边儿没沿儿的,一点儿也不具体……对了,还得赶紧去给那女人送衣服呢,她又想走。

配合一下吧,你看这大冷的天儿……

她看看举话筒的人,又看看那个拿机器的人,脸都煞白的,像下了一层霜,心一软,赶紧说,幸福,幸福。

说完她就赶紧往前走,心里想,那女人比你们更冷!不知这会儿她还在不在那家超市的走廊上。

# 看 医 生

老王最近身体不舒服，于是去医院看医生。

医生问，哪儿不舒服?

老王说，老是担心，睡不着觉。

医生说，担心啥?

老王说，老是想知道在街边喝脏水的那个人后来怎么样了，去哪儿了。

医生笑了，别想那么多。

可他趴在那儿喝脏水的样子，一直记在了俺的脑子里。半夜里俺会突然惊醒，猛地坐起来，愣半天。

你就忘掉他，或者想他被警察发现了，送到了救助站，被救助站收留了。或者他们发现他后，帮他找到家了，把他送回家了。这样思想就放松下来了。

可俺忘不掉。

找点儿事儿干，分散一下注意力。

事儿多着呢，整天忙得晕头转向。可干着干着那个人的样子突然就出现在脑子里。

你往好处想，他现在已经到家了，正在那儿看电视呢。你也看会儿电视，放松一下。

看电视? 看电视更睡不着了。那上面的事儿更多了，更让人担心了。俺老想着如果俺遇到那事儿咋办，或者想以后会发生什么。

以后的事儿，大家谁也不知道，都像你这样，还活不活了?

可俺老想着这些事儿。

那不行，得高兴起来。有没有高兴的时候啊？

有，但很快就过去了。

嗯，平时有没有什么感兴趣的东西？比如有啥爱好啊，或者喜欢啥啊。

没啥爱好。

一点儿爱好也没有吗？

老王想了想，有，看见小动物特亲。

跟人交往怎样？

想接触，但害怕。

你平时都干些啥？

喜欢静静地待着，或者看蚂蚁拖运食物，看它们很有序地忙碌，心情很好。

还有没有？

还喜欢听高亢的歌声，歇斯底里的曲子。脑子里老会出现《西游记》的开篇曲：一阵惊涛骇浪后，岸边的一块山石突然炸裂，一只猴子从里面蹦出来，扶摇直上九天。这时音乐响起，蔚蓝的天空下，一只猴子驾着云彩悠悠地飞过来。那时候最痛快、最放松。

你去拍个片子看看。医生刷刷刷地开了一张单子。

拍片回来，医生看着片子，说，你的心脏上有片阴影……家族里有啥病史没有？比如心脏病啥的。

老王想了想，说，没有，没听说家族里有心脏病的。

精神病史呢？

也没有。先祖们都是土里刨食的，只知道干活儿，没啥思想。

你过去的情况怎样？一直这样吗？

不是。小学的毕业照上，笑得没鼻子没眼的。老师说，看你笑的样，没心没肺。

医生又刷刷刷地写了一张单子。

老王一看，上写，初步诊断：怀疑有抑郁症。建议：放松心情，

出去走走。

完了？老王问。

完了。医生说，就照我说的去做。记着，过一段再来拍个片子，看看情况怎样。

老王刚要走，医生又交代一句，记住啊，照我说的去做，要不会要命的。

# 男　人

是李星先生吗?

是。

我是《等着我》栏目组的工作人员。是这样，我们栏目组接到一个叫秋萍的女士的求助电话，她要寻找她的初恋李星。我们根据她提供的线索花了不少精力才找到了你的这个电话，你认识这位女士吗?

…… ……

这样，我们把她的具体资料情况发给你，你先落实一下，然后回复我们愿不愿意接受我们采访。

好。

男人一想起秋萍，就有些激动。四十八年了……

为了庆“国庆”，知青办组织了一次排练演出，他们就是在那次的活动中认识的。活动结束后，他们就各自回了自己的知青点。当时他们所在的村子相隔十几里路，由于见面不方便，他们就写信。那段时间,写信成了他最幸福的事情。隔段时间他们会相约在红旗渠边见面，因为红旗渠正好在他们两个村子的中间。见面后两人就开始往秋萍所在的村子走，把她送到村口，男人才自己一个人单独返回。后来男人的父母不同意他们交往，因为秋萍家里有人跑到海外去了。无奈他们只好分手。秋萍因此喝了药。他听说后，跑去看她。后来他就参军了，离开了伤心地。

不过这么多年来，他也说不清为什么，秋萍的影子总是会毫无征兆地突然出现在他的脑海里，让他的心为之一软。也只有在那一时刻，他浮躁的心才会有一丝宁静。

他给栏目组回了信息，表示愿意接受这次采访。

在节目录制现场，主持人问秋萍，你为什么要找他?

秋萍说，我就是要找他，他是我的初恋。我们俩在一起的时光，是我一生中最美好的时光。

主持人问，你现在生活好吗?

好。

老伴儿呢?

也很好。

那老伴儿同意你来寻找初恋吗?

喏，他也来了，就在那儿!

镜头随着她指引的方向，在观众席上看到了一个人。那个人举了举手。

主持人问，你是她老伴儿吗?

那人回答，是。

你同意她来寻找初恋吗?

同意。

你不怕她跑了吗?

不怕。我们都沟通了几十年了，相信她，让她完成她的心愿。

主持人转向秋萍，那你见了他想说什么呢?

那年我们分手后，我一时想不开，抓起老鼠药就往嘴里塞，他听说后，跑来看我。当时正是三伏天，他跑了十几里，衣服都湿透了，可连口水都没喝就走了。我一想起这件事儿就心疼。我就想见他一面，看看他，死了也闭眼了。

好。主持人说，那你可要准备好，我们这个大门打开后，也许你要找的人会出现，也许不会出现。因为时间太长了，也许找不到。这个你要有思想准备啊。

秋萍点点头。

大门徐徐打开，当里面的人一出现，秋萍就哭了。

主持人说，别哭了，好不容易见面了，说说话吧。

秋萍问，这么多年了，你想过我吗？

男人说，记得这个名字。

秋萍哭了，哭着哭着一头扑在了男人的身上。

镜头特写：男人一点一点地慢慢地把秋萍推开，扶正了站好，然后自己也站直了身子……

观众席上一片掌声。

# 你有桃花运

一上车，梅子就觉得不对劲儿，这是八号车厢吗？她扭头问站在车厢门口的列车员。列车员说，是。梅子问，咋这样的？列车员说，都这样。加班车，都是这种。

梅子走了一段路，也没看见八号位置在哪儿。她拿出车票又看了看，没错，是八号。她低下头来寻找，无奈车厢里乱哄哄的，空气和光线也不好，飘荡着一股难闻的味儿。她问面前的一个人，你是几号？那人问，你是几号？梅子说，八号。那人站起来前后左右看了一下，扭头又看自己刚才坐的位置，他核对了一下，说，就这儿，你坐吧。

梅子松了一口气，总算找到座位了。她刚坐下，就看见刚才那个人站在一边，她赶紧往里挪了一下，说，来，我们挤挤，一起坐吧。

那人说，不了，你坐吧。我们男人站一会儿没事儿。

过了一会儿，梅子看他还站在那儿，又挪了一下，说，挤挤，一起坐吧。

你坐你坐，我到那边看看去。说着男人就往另一边走了。

旁边的三个人像是一家人，这会儿都在吃方便面，吃得满脸是汗。梅子看见对面那个女人看着她，就问，从哪儿上的车？

她说，始发站。

哟，那你坐了好长时间了。

嗯。

累不累啊？坐车也挺累的。

有啥办法呢，过年了，要回家。我们都是在外边打工的。那你一个人？

一个人！梅子愣了一下，咋这样说话？带情绪的。

你是……

也是回家。

到哪儿？

商都。

哟，你咋坐这趟车，它要往省城拐的。她煞有介事地说。

真的？

真的。

你咋知道的？

听他们说的。

哟，是不是我上错车了？梅子赶紧拿出车票看了看，没错呀。梅子又站了起来，想去找列车员问问，匆忙间，踩了一个人的脚。梅子说了对不起，那人还是瞪了她一眼。梅子往前走，一边说让一让，还是碰着一个端着一碗方便面的人，油水洒了两人一身。梅子忙说，对不起。屁股又撞到一件行李上，疼了好几下。最后也没找到列车员，梅子沮丧地回到座位上，咋能这样走吗？拐到省城干什么？梅子嘟囔着。

加班车，不按常规走的。她平静地说。

梅子想，正常车也不按规矩走的。上次坐车，走到荒草野地里，"哐当"一下停那儿了。直到三个小时后，人都快疯了，一列拉着窗帘捂得严严实实的火车飞过来又飞过去，它才呜呜上路了。

几个乘警过来了，梅子赶紧问，这车还要拐省城去吗？

谁说的？

梅子看了一眼对面那女人，说，是不是呀？

没有的事儿。这不正往北京方向开吗。

哦，吓我一跳。这就放心了。梅子再看那女人，她却把脸扭过去了。

刚才那个男人回来了，把走廊座椅上的东西整理了一下，坐了下来。

对面那女人凑过去，脸对脸看着。

走廊座椅上的两个人也在吃方便面，你喂我一口，我喂你一嘴。那女人还不时地往这边瞟一眼。

梅子的脑子里忽然有什么东西一亮，明白了——他们是两口子！

刚才的一幕幕情景再现……梅子的胃里开始翻江倒海……

她瞥一眼那边，那女人正吃得津津有味。梅子的肚皮鼓起来，呼吸也不均匀了，衣服上的油渍也在那儿龇牙咧嘴，张牙舞爪……

公交站台上站了几个人，一个人看着梅子，说，你脸色不好。

梅子瞥了他一眼，没理他，好不好碍你啥事儿？

他走近一步，说，我会看手相，很准的。

梅子看他一眼，把手伸出去，爱看不看！

他看了一会儿，认真地说，你有桃花运！

# 灯

父子俩在山里已经走了一会儿了，天更黑了。

儿子抬头看看天，说，这走到哪儿啦?

父亲说，不管是哪儿，也得走。只有走，我们才能走出去。

他们是到这儿来玩儿的。傍晚时分，他们从一条小路往山下走，结果途中迷路了。

又走了一会儿，儿子嘟囔着，这怕是走不出去了。

父亲说，别泄气，快走吧，说不定到前边我们就能看见大路了。

儿子说，我们不该走那条小路的，现在弄成这样……

父亲说，嗯……我们本来是想多看一下风景的……不过，也是好事嘛。我们可以看看这儿的夜景，体验一下夜里行走在大自然中的感觉。

儿子说，我累了。

父亲说，也好，我们休息一下，吃点儿东西。

他们把随身携带的饮料、面包等吃食拿出来，父亲喝了一口雪碧，看了看周围，说，你看，现在我们看见的是个朦朦胧胧的世界。天是朦胧的。地也是朦胧的。好看不?是不是有种朦胧的美?你没见过这样的景色吧……来，让我们闭上眼，好好体验一下，看这夜色中的山林会给你啥感觉。

儿子虽然不情愿，但他崇拜父亲，听父亲的，就照着做了。

过了一会儿，父亲问，有感觉没有?是啥感觉?

儿子说，真的有感觉呢，我听见……

父亲说，现在别说出来，等回去以后，你把你的这些感觉写出来，就是一篇很好的作文……父亲站起来，往远方看了看，说，那边好像

有灯光，有灯光就会有人，我们走吧，到那里我们可以问问路。

儿子蹦起来，好啦，我们有希望啦。

走了一会儿，儿子又问，咋还没到啊？灯在哪儿呢？

父亲说，快了，你看。父亲用手指着一边，说，那边不是有盏灯嘛，亮亮的。

儿子看了一下，说，在哪儿呢？没有啊，我没看见。

父亲说，你的眼睛恐怕出问题了，整天玩电脑，眼睛搞坏啰。灯不就在那边吗，父亲又指了一下说，很亮的一盏灯……我们快点儿走吧，早点儿到那里好问路。

儿子虽然疑惑，但相信父亲。他跟在父亲身后继续赶路。

忽然，儿子问，这山上会不会有狼啊？要是突然蹿出来一只，咋办？

父亲说，这儿是个风景区，不会有狼的，别怕。

儿子说，这黑乎乎的，我老担心哪儿会突然冒出个啥东西。

父亲说，不会的。我们快点儿走，到了那盏灯那儿问问路，我们很快就能下山回家了。

突然，儿子一歪，摔倒了。父亲忙拉起他，说，小心点儿。父亲在周围找了一下，竟然找到两根枯树枝。父亲把一根树枝递给儿子，说，拄着。儿子拄着走了几步，笑了。

在树枝的帮助下，父子俩的速度快多了。很快他们又翻过了一个山头。儿子问，这咋还没到呢？

父亲说，快了，你看，那不，那盏灯还在那儿亮着呢。

儿子又看了看，说，在哪儿呢？我咋老看不见呢？

父亲说，快走吧，再坚持一会儿，马上就到了。来，我们唱个歌咋样？说着父亲就唱起来：胜利在向你招手，曙光在前头……

唱着唱着，曙光真的来了。他们看见天边出现了鱼肚白。接着，眼前也豁亮起来。他们又快步走了一阵儿，就看见不远处有条大路，弯弯曲曲地通往山下……

儿子高兴极了，说，我们终于走出来了。忽然，儿子想起一件事儿，那盏灯呢？在哪儿？

父亲笑了，这不，在这儿呢。父亲指着自己的心口说。

# 一 棵 树

荣花现在生活得很幸福。儿女们都已成家，而且对她很孝顺。经常拎着大包小包的东西过来看她。

荣花说，没啥事，你们就忙去吧。

荣花在家就是侍弄一下花草，或者到社区的健身场所去打打腰鼓，锻炼一下身体。隔一段儿还会随团到太行山、林虑山转转。还去过三亚、厦门、重庆等好多地方，并拍了不少的照片。

可是，荣花还是经常会不由自主地想起一棵树。那棵树的树杈上有个包裹，包裹里有个婴儿。荣花不止一次地在梦里听见那个婴儿在叫：妈，妈……等荣花惊醒过来，睁眼一看，啥也没有。

一天，她简单收拾了一下，就奔火车站去了。

经过火车、汽车的一路颠簸，当终于看见那个村庄的时候，她呼吸就急促起来。

那年，她谈了个对象，家里不同意。家里给她介绍的那个，她又不同意。这样僵持了一段时间，母亲说，你要不同意，我就死在你面前。她只好屈服了。

本想着也许结婚后会慢慢好起来，可谁知婚后两人吵闹不断，她就想找机会出去，等过一段时间再做打算。就在这时，她发现自己怀孕了。她要打掉，婆家不同意。她只好等生下孩子再说。就在孩子刚刚满月时，城里的一家工厂来村里招工。她哭了一场，咋不早来呀。就在一天早上，她把孩子喂得饱饱的，然后用个小棉被裹起来，跑了很远的路，放到一个村口的一棵树杈上。

那棵树长在一个岔路口，直通好几个方向。然后她就躲在暗处，直到看见有个人把孩子抱走了，才松了一口气。

她找到那棵树，那棵树还活着，上面有几只鸟儿，正在嬉戏。鸟儿看见她来了，都扑扇着翅膀飞走了。

她往村里走了走，看见有几个人正在闲聊，就上去打听，问她们，知不知道三十多年前，村口的树上有过一个婴儿？现在怎么样了？

大家都说不知道，没听说过。

荣花又往村里走了走，看见一个老人正在家门口晒太阳，又上去打听。

老人想了想，说，听说过。

荣花问，你知道抱走孩子的那个人的家在哪儿吗？老人想了一会儿，说，当时是有人抱走了，不过后来不知道因为啥，他又放回去了。后来就不知道孩子哪儿去了。

荣花回到那棵树下，一屁股瘫在地上。

不知过了多长时间，她才发现周围除了风还是风，路上连个人也没有，泪水不自觉地流出来。

事实上，荣花工作稳定以后，回来找过两次孩子，但都无功而返。

有一次差点儿就找到了，当时她听说有户人家的孩子是抱来的，年龄也相仿，就赶紧去看。结果一看那孩子的耳朵后边没有黑痣，她又痛哭了一场。

现在，荣花有高血压，腿也有点儿毛病。这样想着，荣花站起来又往村里走去。村里总会有人知道一点儿消息。这次一定要打听到孩子的下落。

荣花在村里走着走着，正想看看哪儿有人，巷子里突然冲出一辆车，荣花还没反应过来，就飞起来了，接着就什么也不知道了……

# 命　运

一匹小角马卧在河滩上，仰着头，正在张望。

这是一档《动物世界》的节目。镜头向左慢慢移动，又有一匹角马出现在了画面上。角马站在那里，也在注视着同一个方向。

镜头开始后退，角马的前面是一条河，河的这一边也是河滩。原来镜头在河的这一边。

画外音解说：一年一度的大迁徙开始了。角马群的大部队已经渡过河去。这匹小角马落队了，它的妈妈又返回来寻找。现在，它们要单独渡过河去，会遇到很大的危险。

母角马看了一下小角马，然后率先向河中走去。小角马也站起来，紧随其后。

画面中，角马在湍急的河流中艰难跋涉，哗啦啦的流水声清晰地响着。小角马突然跌倒了，母角马来到它的身边，小角马挣扎着，呛了几口水，最后终于站起来了。它们又往前走去。

突然，河面上出现了一个黑黑的东西，镜头推进，原来是条鳄鱼。它张着血盆大口正在迅速地游向它们。

画外音解说：两只角马遇到危险了。

“糟了。”童青叫道。很显然，两只角马还没发现危险的来临，它们还在不紧不慢地行进着。童青对着电视机使劲儿喊：“快跑！快跑！”

显然，角马没有听见，它们也不可能听得见。

鳄鱼游到了母角马的身边，童青看到母角马的身子往下沉，但很快又挣扎着上来了。

童青的呼吸屏住了，眼睛死死地盯住屏幕，只见鳄鱼的头时隐时现。

忽然，鳄鱼的头不见了，母角马的身子却往下沉了一下，紧接着母角马又挣扎着站起来往前走。

童青在心里默默念叨着，但愿鳄鱼没有咬住母角马。

母角马终于走到了河边，母角马的前腿已经踏上了河滩。

童青刚要欢呼，却发现母角马的一条后腿还留在水里。

画外音解说：母角马的一条腿被鳄鱼咬住了。

母角马站在那儿，它往上拽了一下，腿没上来；又拽了一下，腿还是没上来。

母角马停在那儿，低着头。突然，它扭过脸来，看着镜头。

原来它知道这边有个东西在窥视着它。怪不得画面一开始，它们都在望着同一个方向！

该死的镜头！原来这些画面，都是他们事先设计好了的。

童青不想看了，可又忍不住想看下去。

母角马又往上拽了一下，腿还是没上来。当它再次往上拽时，腿忽然上来了。

画外音解说：不知为什么，鳄鱼松口了。可母角马的腿已经被咬断了。

母角马上了河滩，迅速离开。镜头显示，母角马是在用断腿行走。膝关节下边的部分耷拉着拖在地上。它的身后，留下了一摊摊的血迹。

母角马的步子慢下来了，它看了一下镜头，又迅速地走了几步。终于它的步子还是慢下来了。它停在那儿，抬起头，看了看上边。

小角马已经到了岸上，正在那儿焦急地等着它呢。母角马向小角马走去。可是没走几步，它就倒下了。

画外音解说：母角马流了很多血，撑不住了。

特写显示：母角马躺在河滩上，眼睛已经闭上了，被咬断的那部分腿耷拉着歪在那儿。

画外音解说：在迁徙的途中，角马们会遇到很多很多的困难和危险，在路上留下具具尸体。“哗啦”，童青跳起来，砸碎了电视机。

# 生　活

生活不是一幅静止的画，而是流动的，有声音的。

你听，还没到菜市场，各种声音就传过来了。就像是一首欢快的小提琴协奏曲，在弹奏着生活的喜怒哀乐。

冷静走进菜市场时，看到的是熙熙攘攘的人群，还有满地的菜叶子、丢弃的瓜果、塑料袋。有个白色的塑料袋子正在飘飘摇摇地向上飞去。

冷静一下子从美妙的乐曲中清醒过来，她是来买菜的。

冷静先买了一些青菜。冷静喜欢吃青菜。青菜绿莹莹的、水灵灵的，看着就喜欢，所以冷静每次买菜都要先买青菜。

提着青菜，冷静一路往前走，走着走着，忽然看见一个铁笼子，铁笼子里是啥呀？冷静好奇地走过去看。

两个小东西躺在里面，头像猪，又没猪大。毛色说黑又发白，属于灰黑色。小肚皮一鼓一瘪的，正在呼吸。

野猪肉！便宜了！十八。要多少？卖主问冷静。

这是卖的呀？它是活的！

现杀现卖，价格便宜，营养价值高。要多少呢？

你们从哪儿弄的？

这是俺自己养的。俺有专门的养殖场，养了几百头呢。这两头就是样本。你看看，货真价实！他指指笼子里的两头小猪。

一个小东西一骨碌爬起来，跑到一边儿的小盆里，舌头一舔一舔地喝水。冷静说，你看它多乖……

他眼皮一翻，抬头用手往对面一指，冷静扭头一看，原来那边儿有个卖猪肉的，半边儿猪肉在那儿挂着。

他的手又往上一指，冷静看见上面写着：肉联厂。

你不要这样吗！

嗤——周围的人都笑了。有个人歪头问，你吃肉不？

我不——“吃”字还没说出口，冷静就想起，自己也吃过肉。她赶紧溜。

前面那人咋回事儿，撇着腿，胳膊往两边儿甩，你看你看，那是人吗？咋那德行？

冷静一看，原来是刚才那个歪头问“你吃肉不”的人，不由怒从心头起，看啥看！我又不是外星人！

还买啥菜来着？冷静想不起来了。走着走着，她竟然发现自己已经走出菜场了。看见有个摊位上摆着一片黄黄的东西，有个小喇叭正在喊，香蕉八毛，香蕉八毛，买点儿香蕉吧。

冷静挑了一把香蕉，放到秤上一称，摊主说，七块八。

冷静看了看秤上的重量、单价显示，问，多少钱一斤？一块。他说。

冷静来气了，说，你喊的不是八毛一斤吗？这多大的声音，谁听不见？他指指那边儿，说，那是八毛，这是一块。

冷静看了看，八毛的有些发黑，一块的颜色发黄。冷静无语了，可还是感到嗓子里有股东西往上升了一下又下去了。

冷静想不要，可又想吃，就气呼呼地提起来。摊主说，俺没骗你。那是八毛，这是一块……

“咚”，冷静感到碰到啥东西了，低头一看，是堆垃圾，赶紧往一边儿绕。

阿姨，慢点儿，小心点儿。声音清脆嘹亮。

冷静回头看，是个小学生，胸前的红领巾一飘一飘的。一股凉爽的风在冷静的身体里慢慢地荡漾开来……

# 那天夜里

亮亮，挺住，再坚持一会儿，马上就到了。

老王一边呼唤亮亮，一边使劲儿蹬着车子。

风在耳旁呼呼地响，刮得脸生疼。

就在刚才，亮亮吐了。睡觉前，老王跟亮亮去散了步，回来就睡下了。正迷迷糊糊时，听见亮亮在屋里溜达，接着就听见亮亮“哇”的一声吐了，老王赶紧爬起来，一看，亮亮吐了一地。老王抱起亮亮去了附近的医院。

老王拍了半天门，也没人应声。这才想起已经半夜了，里面没人。

老王赶紧拨 114，询问有没有 24 小时接诊的医院。

114 给了她一个电话，但告诉他医院在铁路西边，很远。

老王骑上车子就跑。风很大，刮得脸生疼。

看见地下道时，老王犹豫了一下，因为地下道里黑黑的，没有灯光。但老王还是没停，直接冲下去了。

就在老王看见那边的出口的亮光，刚要松口气时，一个黑影蹿到了车子的前面，接着一个硬硬的东西抵住了老王的腰，接着就是一声，把钱交出来！

老王愣怔了几秒，脑子才反应过来。老王说，我没钱，我是带小狗去看病的。

带了多少？

二百。

二百？这年头二百能干啥？

你去医院只带二百？谁信！骗谁呢？

别把我们惹恼了，我们可不想伤人。

老王听声音感觉他们的年龄还不大，于是放下心来，给他们解释，平时家里都没有余钱，都是用多少取多少。刚好用完了，就剩下二百，所以只有二百，全带上了。

再不老实，别怪我们不客气。说着那硬硬的东西又捅了一下。

老王把那二百块钱拿出来，又把口袋里的东西一一翻出来给他们看，最后拍拍口袋，说，这回信了吧。

黑暗中，他们没有说话，也没动。老王也看不清他们的脸。

亮亮在车筐里轻轻地叫。

老王说，我得赶紧带小狗去看病，说完就把那二百块钱给了他们。

亮亮突然急促地叫起来……

那你咋给小狗看病呢？

老王愣了一下，一时没想出来咋说。

老王想说什么，一时又不知从何说起。这时亮亮又叫了一声，老王蹬着车子就走。

一只手又把那二百块钱塞进了车筐里。

到了医院，医生一检查，赶紧打了两针，又输上液，说再来迟一步就麻烦了。

结账时，老王问，多少？

医生说，二百八。

老王说，咋恁多？

医生说，你这是急诊，还是夜间，没多要啊。

老王心想，咋办？身上也没啥值钱的东西，也没证件。老王正琢磨着咋给医生说，忽然想起有手机，要不先给医生说说，把手机留下，明天再来结清剩余的钱。

这样一想，老王心里踏实了，就把那二百块钱拿出来，却发现那钱竟变成了三张！老王愣了一下，忽然想起那两个黑影。

从医院出来后，老王直奔地下道，这时天快亮了，地下道也明亮

多了。早起的人们已开始忙碌了。

后来，老王专门在晚上去过几次地下道，可都失望而归。

仔细一想，老王吓了一跳，你咋能有那种想法呢？那天夜里，也许他们是有急事儿或者没钱上网了，一时糊涂就那样了，后来清醒过来就好了呗。

后来，老王逢人就说，世上还是好人多，别把事情想得那么糟。

# 活　着

任老师就住我们隔壁。

那时我在外地上学，只有寒暑假才回到母亲身边。母亲当时住的是教工宿舍，一个大房子分成一间一间的，大约住了十来户人家。

任老师是教美术的。他的房间里，没有其他的装饰，墙上挂满了他自己的绘画作品，有人物画，也有山水风景画。他的画风热烈奔放，充满了对生活的无限热爱。

由于房间小，家家户户的烧饭炉子，都放在门口。每天早晨一起来，第一件要做的事儿，就是出门去打开炉子。所以经常会碰见任老师出来做饭或者出门。我那时才上小学，任老师戴副眼镜，一出门就打招呼，你早，或者说你好。

那时，任老师有个对象。他对象梳着两条大辫子，走起路来一甩一甩的，很好看。她每次来，只要看见我在门口玩儿，就会从兜里掏出几颗大白兔奶糖递给我。所以我很喜欢任老师的对象来。

有一次，我回家好多天了，没看见他对象来，也没看见任老师，就问母亲，任老师呢？母亲说，任老师回老家了。

后来，我上学工作，结婚生子，忙忙碌碌，把好多事儿忘记了。

有一次，我在母亲那儿忙着整理东西，“咚咚咚”，有人敲门。我打开门，原来是学校办公室的人。她告诉我，学校的任老师写了一本书，已经出版了，学校的老师每人一本，这本是你妈的。她说着就递给我一本书。

平时闲下来，我也喜欢翻翻书、写写字，于是就把书带回家来了。

看了书，我才知道了任老师的一些事儿。原来，那年他走后，一

待就是二十年。后来政策落实了，他才又回到学校任教。

虽然工作问题解决了，但他的个人问题一直没有着落。家里人很是着急，可也没啥好的办法。这时，他想起了大辫子。

他刚下放的时候，两人还有书信来往，后来慢慢就少了。最后也说不清是谁的原因，反正没了音讯。

他决心要找到大辫子。

经过一段时间的寻找，终于有了她的信息，他给她写了信，详细地讲了自己这些年来的经历，并告知了他目前的生活状况。大辫子也回信了。大辫子在信中首先介绍了一下自己这些年来的情况，并告知任老师她已经结婚了，爱人在同一个单位上班。

任老师失落了一阵子，后来也释然了。各过各的吧。

谁知事情在几年后突然有了变化，大辫子的爱人生病去世了。任老师知道后就去找她。这次大辫子没说什么，他们两个终于喜结良缘了。

任老师在书中还配发了好多照片，其中有张他和大辫子的合影。照片中，大辫子看着镜头笑得很灿烂，而任老师看着镜头却脸露尴尬。

任老师在书的后记中说，经过了这么多年的风风雨雨，自己终于有了一个温暖的家。他很欣慰，很知足。

再次听到任老师的消息，是几年后。母亲说，大辫子死了，大辫子的儿子就把任老师赶出来了。

有一天，电视上正在播出“最美老人”颁奖大会，看着看着，忽然发现在获奖老人中，有张熟悉的面孔，仔细一看，那不是任老师吗？只见他精神矍铄，笑容灿烂。

主持人正在宣读他被选的理由：退休后，一直在从事书画培训工作，为高校输送了多位书画人才，而且是免费的。还举办了一次个人画展。

掌声经久不息，热烈，奔放。

# 有关过年及其他

我现在在想，如果我们不分开……

电话里传来母亲明显苍老的声音。

像被什么东西猛地一击，她的头嗡一声大了起来。

母亲九十岁了，咋想起这个问题来了？早干啥去了？

那年寒假，本来说好一放假就随学校的一名河南籍学生一起回河南。可那个学生是学生会的一个干部，事情多，要到二十八才能回去。

二十八那天早上，母亲领着她，早早地出了门，沿着校园的小路，向校外走去。

路过那棵桑树，她看了一下，树上面没有桑葚。有桑葚的季节，树上满是紫红紫红的桑葚，好看极了。她们放学回来，扒着树枝摘下来就吃，吃得满嘴紫红紫红的，到家后免不了挨母亲一顿骂。

经过校内的那条小河，她看到小河里的水没有结冰。夏天的时候，小河可不是这般模样。因为雨水多，洪水暴发，水面猛升，汹涌翻滚的河水里，那些枯枝败叶，还有水蛇呀什么的，都在其中随波逐流，跌跌撞撞。

到了江边，她们买了船票，当时还没有长江大桥，过江要靠轮渡。火车是从上海方向开过来的，车站在江北边。她们要在这边乘船，然后到那边的浦口上车。

船还没开，母亲领着她在周边转悠，跟她不停地说话。说了什么，她现在啥也想不起来了。

后来，母亲又带她到街上看了看。刚下过雪，街上人不多。商店门前都冷冷清清。看到一家糕点店，母亲走进去，买了两盒，说是要

送给奶奶吃，让她在路上带好。

车是下午五点多的。她跟母亲坐在站台的石凳上，母亲担心她冷，把她的大衣领子竖起来，一遍遍地跟她说，是奶奶要她回去的。

她不管，在那里东看看西瞧瞧，挺新鲜的。因为她是第一次坐火车。

火车开之前，那个学生终于如约来到了车站。

开车时，她看见母亲哭了。她想说啥，可还没等她说话，后面的人就把她给挤进去了。

她到家后，奶奶一把就把她搂进了怀里，哭了。

然后又给她换了身新衣服，帮她把散乱的头发重新扎好，还在小辫上别了一个蝴蝶形的发卡。

三十晚上的饺子，她是坐在奶奶的餐桌上吃的。

妈，现在说这有啥用呢？她说。

母亲说，年纪大了，好些事情都想起来了。看看我们现在的样子，我就在想，如果我们不分开，如果你那年不回河南……

屋里很冷。风从门缝里挤进来，冰凉冰凉的。

她看了看，破门上已经糊了好几层报纸了，不知道风是从哪儿进来的。这是她租住的房子。没办法，房租高了，她租不起。她把炉子打开，在上面放上水。她看见筐子里躺了四五个土豆，灰白灰白的，缩在角落里，像在发抖。她想，该去买些菜，增加点儿营养。她翻开钱包看了看，又拿起桌上的储钱罐晃了晃，然后揭开盖子，“叮当叮当”掉出几枚硬币来。

水开了，她把水倒在杯子里，用手紧紧握住，一股暖流迅速流遍全身。她想起那次在车站上，母亲给她竖大衣领子的样子。

她走到窗前，看着院子里的那棵树，那棵树高高的，树的上面就是天空，有朵云彩正徐徐飘过来，慢慢冲淡了前面的乌云……

会好的，她对自己说。

我本来想，你毕业后，上个师范学校，将来当个老师也行。可是，世事不由人——话筒里又传来老妈的声音。

她赶紧说，妈，别说这些了，过去的都过去了。

我是说，如果我们不分开，如果你不到那边去，也许会是别的样子……

她看了看，阳光洒在地板上，身上也很暖和。她说，就算是吧，现在这样也挺好。

你能这样想，我也放心了。

妈，你要保重，注意身体。

那我挂了。

好。

# 相　遇

爷爷，今天还讲聊斋吗？

他想了想，说，不了。今天不讲聊斋了，那都是编的。今天爷爷给你讲个真实的故事，发生在我身上的事。

爷爷快讲……

坐好，听爷爷讲。

那一年，单位派我去国外出差，跟客户谈业务上的事。回来时我想看看大海的风景，就买了船票。谁知却遭遇了海难。

真的呀，爷爷？

爷爷还能骗你吗？听我说，乖。不知在海上漂了多久，我醒来时，发现自己躺在沙滩上。刚开始我还很高兴，以为自己来沙滩上度假了。可是，当看清周围的环境时，我立刻就傻了，这才想起海难的事情。

说实话，那时我也很害怕。不过当时也顾不得害怕了，我得赶紧弄清楚那是啥地方，有没有其他人。

是呀，爷爷赶紧打110，打求救电话。

那时哪有电话呀？他看了一眼孙子，笑了，说，就是有电话，估计在那种地方也没信号。

那咋办呢，爷爷？

我看了看，周围没人。也不知船上的那些人去哪里了。我又看了看沙滩的上面，好像有个小岛，就爬起来慢慢往岛上走去。

走了没多远，就看见前方不远处，有个长长的大家伙。仔细一看，我立刻就蒙了——那是条鳄鱼。

我吓坏了，停在那里不敢动，怕鳄鱼看见我。

可是我也不敢跑，怕激怒了鳄鱼。

我紧张地看着鳄鱼，当我的目光和它的目光撞到一起时，我的心都不会跳了。

完了。我心想，今天要成为它的美食了。不过我很快就发现，那条鳄鱼躺在那里，一直没有动，只是用眼睛死死地盯着我。我看了看它那双眼睛，发现眼睛里更多的是惊恐，并没有多少杀气。

我仔细看它，看了一会儿，发现问题了。我看见它的身边有几摊血，它可能受伤了。

那就快跑！爷爷。

是的，我也是这么想的。我试着动了一下，鳄鱼没反应。我又往前迈了一步，鳄鱼还是没反应。我就想跑。

对呀，快跑!

可是，那几摊血又把我拽住了，我想它受伤了，要不不会这么乖的。我犹豫了一会儿，还是慢慢向它靠近。

爷爷要小心!

我看见鳄鱼的眼睛里充满了惊恐，我想告诉它，别怕。可是我没说出来，说出来它也听不懂。我只是一边向它点着头，一边笑着，慢慢向它走去。

当我走到它身边时，它突然张开它的大嘴，但它的动作显然不灵活，它没能咬到我。我受过野外生存培训，多少懂得一点儿生存技巧。我绕到它的身后，用手扶住它的头，不让它抬起来，然后观察它的伤情。果然，它身上有好几处伤，有的已经开始化脓……

哦——

我在小岛上找到一处泉水，用随身携带的水杯装了一杯，然后回到鳄鱼身边，用泉水慢慢冲洗它的伤口。一杯水用完了，我就再去装一杯。就这样，一趟一趟地，我用泉水慢慢地冲洗着鳄鱼的伤口。

哦——

天黑了，我躺在它的身边，用手轻轻地抚摸着它，给它讲故事。

哦——

渐渐地，它的伤口有了好转，它眼睛里也发出了柔和的光。

它走了。

它不会回来了，爷爷。

我也以为它不会回来了，可是我又看见它了，还给我带来几条鱼和一些野果子。我忽然想起一些海员们讲的故事。他们长期在大海上漂泊，和那些水生动物们发生了好多感人的故事。

真的，爷爷？

再看见它，是几天后。一起来的还有两条鳄鱼。

又来两条？

我也吓坏了，不知它们想干吗。只见那条受伤的鳄鱼来到我身边，眼睛炯炯有神地看着我，然后下到水里，尾巴一个劲儿地摇。

我不知啥意思，只是傻傻地看着它。它旁边的一条鳄鱼爬到它身上，然后又下来，然后再爬到它身上，再下来。如此反复几次，我忽然明白了鳄鱼的意思。

我试探着下到水里，坐到它的背上。它开始游动，那两条鳄鱼一左一右在我们的身边游着，一起向大海游去。

嘻嘻，它们是来为你保驾护航的吧？

后来，不知过了多长时间，我都睡着了。醒来时忽然看见了长长的海岸线。我激动地抚摸着它，把脸贴在它的脸上，亲它，吻它……

后来呢？后来咋样，爷爷？

后来我就被救了呗。他慈爱地摸摸孙子的头，说，要不咋会有你们呢……

# 小宁，你好

小宁这个人，咋说好呢？她走路老是低着个头，好像有很多心事儿似的。

其实吧，她啥心事儿也没有。

可她就是老是低着个头，抬不起来，所以错失了一路的好风景。

自从意识到了这一点，小宁就时时刻刻提醒自己，抬起头来，看看路上有啥没有，万一有自己想要的东西呢。

可俗话说得好，江山易改，本性难移。往往低头走着走着，突然想起来了，赶紧抬头，却已经走了很远了。小宁心里就想，刚才那段路上，有没有自己想要的东西呢？有没有发生啥事情？或者遇见了熟人，有没有打招呼？

这样想着，心里犹豫，脚下就迟疑，往回走吧，一想，能有啥事儿呢？就算有啥事儿，跟自己好像也没关系。她东张西望地想着，搞得路人都瞪着眼睛看她，她的头又低下来了。等抬起头的时候，她又走了好远。于是再次重复先前的那些问题，再次呈现先前的那种状态……于是循环往复，她的头就永远也抬不起来了。

不信，你看，让我们把镜头慢慢聚焦到那栋房子东边的那间小屋里。喏，就是那栋！别弄错了。对，对，东边那间。看到没有？现在我们来个特写：房间不大，却空荡荡的，里面有个人，低着头，正在想事儿。对，那就是小宁！

可我知道，她其实啥也没想，一直没抬头，要不咋没发现屋顶漏水呢？

开初，她看见地上有一些小白片儿，她扫了扫就放垃圾桶里了。

“啪”，一滴水掉头上了。咋回事儿呢？她摸了摸头，揉了一下。直到有一天，她抬起头才发现，水是从屋顶上掉下来的。尽管后来赶紧进行了修补，但那毕竟不是原来的样子啊。

好了，说现在吧。你也看到了，此刻，小宁正在那儿低着头，想事儿呢。

忽然，她想起该为明天的早饭做准备了。早上很好，可是不愿意早起，所以老是弄得跟打仗似的。她往厨房走去。由于走得匆忙，头竟然抬起来了。这时，她看见厨房的窗户上有个东西。有个东西就有个东西呗，反正窗户已经好久没擦了，有个东西很正常。她把米淘好，想了想，菜也洗好吧。菜要先泡一下，因为蔬菜在生长中，要喷洒好多种农药，以防病虫害。泡一下，农药就会少很多，再洗几遍，吃着就放心了。好了，她把菜也泡好了，过一会儿再来洗吧。她抬起头，看见窗户上的那个东西突然没了——原来它是活的！

小宁的心里不舒服了。她感到自己被偷看了。

小宁离开了厨房。过了一会儿，小宁偷偷地走到厨房门口，看了看，窗户上没啥东西。

过了一会儿，小宁又偷偷地走到厨房门口，这次她看见窗户上有个东西。她确定，那是个壁虎。

壁虎也看见她了，匆忙把头缩回去了。小宁笑了。

小宁站在那儿，饶有兴趣地看着窗户，可是，等了半天，它也没出来。

小宁正要走，忽然看见有只小飞虫在窗户外面飞来飞去。小宁看着小飞虫飞呀飞，它咋一直不落下呢？

忽然，小宁看见有个头往外一伸，小飞虫没有了。

小宁走过去，猛地拉开窗户一看，啥也没有！她顺着窗户的边沿从下往上一点点地看，还是啥也没有！就这一会儿工夫，它就没影了。

一种失败感涌上小宁的心头。

叮铃铃，电话响了。小宁拿起电话，心里想着，防诈骗方法是咋说的呀？对了，好像说，如果电话里是录音，那就是诈骗电话。如果它是录音，我马上就挂。小宁把电话放在耳边，里面传出一个声音：小宁，你好！

过了不知多长时间，小宁才发现自己的头是抬着的。因为她看见窗户上，有霓虹灯的光亮，一闪一闪的，照得屋里亮堂堂的。

# 眺　望

他自己也不知道在这个岛上待了多长时间。

睁开眼睛，他看见四周黑乎乎的，什么也看不清楚。

这是哪儿？

这个念头刚闪过，他就发现自己泡在水里，低头一看，身上还有个救生圈。这是怎么回事儿？

哦，想起来了。

他是在剧烈的摇晃中惊醒的，接着耳边就是一片嘈杂声。他赶紧起来走到外面，外面也是一片混乱，尖叫声、呼喊声，夹杂着孩子的哭闹声。

怎么了？他问一个站在身边的人。

那人说，船要翻了。

什么？你说什么？

船要翻了，我们遇到暴风雨了。

他想冲到甲板上去看看，可是船体摇晃得厉害，透过舷窗玻璃，他看见外面狂风大作，海水掀起冲天的浪。

广播里传来声音：大家不要慌！我们已经向周围有关的部门和在附近航行的船只发出了求救信号,大家先把救生圈套到身上,等待救援。

人们争先恐后地去抢救生圈。慌乱中，他也抓到了一个救生圈。

这时，他的身子猛地一斜，感觉就要被抛出去了……

这是哪儿？

他喊了一声，没人应。

有人吗？他又喊了一声。

还是没人应。

完了，今天真的要完了。

他是受公司的委派到国外的客户那里谈业务的，事情办完后返回国内。本来他可以坐飞机回去，可是他选择了坐船。因为他从小就喜欢大海，不想错过这次难得的机会。

下午两点整，船舶离开码头，很快就驶向大海。

天气很好，万里无云。他来到甲板上，凭栏远望。

蔚蓝的大海平静如水，远处有海鸥在飞翔。

天快黑时，他到餐厅里吃了点儿东西，吃完就回到客舱里睡下了。这些天事情繁忙，他太累了。

这是哪儿呀？他们呢？一张张面孔出现在他的脑子里。

他看看天，夜色很重。

等再次睁开眼睛时，他发现自己在一个沙滩上，四周没人。他爬起来，向岸上走去。

他发现这是一个小岛。

可是很快他又发现，这是个荒岛，没人。

远处有个黑东西，又长又大。他停下来，过了一会儿，没见动静。他往前走去。

可他没走多远，就被吓住了，因为他发现那是条鳄鱼！

他的脑子一片空白。等冷静下来，他观察了一下，那条鳄鱼并没有什么动作。

他想看看它的头部，看看它的眼睛，可最终也没看清楚。犹豫了一会儿，他试着慢慢转身，走了几步，回头看那条鳄鱼，还是没有动静。

他迅速离开，不管它到底是死是活。

他发现了一个山洞，摸索着走进去，找到一处干燥的地方，坐下来休息。

迷迷糊糊中，他闻到了香味儿。看到母亲正在厨房忙活，小甜饼在锅里滋滋响，他伸手就拿……

凉凉的，硬硬的，什么东西?

他睁开眼睛，才知道手碰到了岩石。

他站起来，他要活着，要回家。

他走出山洞，找到了一个小水洼，喝了点儿水，又寻觅了一会儿，看到树上有些果子。是什么?他不知道，反正饿了，摘下来就吃。

就这样，他在这里，饿了就吃野果，渴了就喝点儿泉水。到底过了多长时间，他也说不清楚。他已经没有时间概念了，只知道天亮了，太阳落了。

只是，有一件事情他没忘，那就是，每天他都要到海边去眺望……

这天，像往常一样，他又在海边眺望。忽然，他的身子剧烈地颤抖起来，因为他发现茫茫的海面上，终于有个黑点儿在缓慢移动。

走近了，才发现那是一艘帆船!

是的，真的是一艘帆船，而且正向着他的方向开过来……

# 讨　水

嗓子冒烟，要着火了……

刚才在阿斗家——哪儿是什么家呀？啥也没有。

当年羁押他的那个山头上，如今除了山门，就只剩下光秃秃的一片黄土和满山的青草，还有几朵野花在那儿怒放。

没想到会是这种情况，从下车到那儿走了一个多小时。事先没做好调查研究，以为离镇子不远，或者会有什么旅游车之类的。结果不是预想的那样，到了才知道，啥也没有。只好开发自己的潜力，迈开双腿往山上爬。

到了山顶，连个人影儿也见不到，真是沮丧至极。

不过空气好，山上山下风景如画，心情很快得到了调整，于是干脆坐下来休息。后来肚子咕咕叫，就在包里找呀找，找到几块随身带的红豆饼，吃起来。

肚子是不叫了，可嗓子里像有把火，干得冒烟。

好不容易走到镇上，正是午后，街上只有热热的气浪，看不到一家商店。

突然，她看见街边的阴凉处坐着一个老人，赶紧上前去问，大伯，我渴了，能讨口水喝吗？

有！来吧。老人说着就站起来，一边往家走。

她跟在后面，看见老人走路有些慢，赶紧上前扶着。

老人说，不用，我自己能走。老人喘着粗气说，家里就我一人，他们都忙去了。

到了老人自己住的屋里，她还没看清屋里是什么状况，就听“啪”



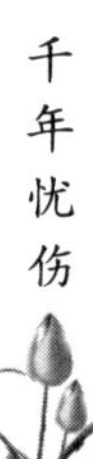

的一声响，扭头一看，热水瓶掉地上了。原来，老人拿热水瓶倒水，倒了几下没有，就想放桌上，结果没放好。这时她才发现，老人神情紧张，喘气声更粗了。

她急忙说，没有就算了。她左右看了一下，想找把扫帚收拾一下。

老人很快捡起热水瓶，然后又拿起一个锅，从一个桶里舀了水，往燃气灶上一放，手一拧，啪！一圈儿蓝色的火苗就蹿了起来。老人说，水一会儿就开了。

这时她才看见，屋里很暗，光线不好。墙边有张床，床上放了被子之类的一些东西，被子黑乎乎的。

老人说，要开灯吗？

她赶紧说，不需要，能看见。身体还好吧？

老人说，还可以。现在我跟儿子住，闺女离得也不远，经常拎东西来看我。

那就好。她说。

老人说，苦日子熬过去了。以前……

这时水开了。老人拿出两个碗，倒满了，放在桌上说，先凉一下。老人说完又坐下来。

一时无语，她想开口，想了好几个话题，比如想问他儿子干啥，女儿干啥，可是又不知问得合不合适，老人愿不愿意回答。也怕提到老人的伤心事儿，所以最后她啥也没说，两个人都沉默着。

估摸着碗里的水凉得差不多了，她急忙端起一碗，送到老人面前，说，应该凉了，试试看。

老人抿了一口，说，凉了，你也喝吧。说完，老人咕咚咕咚地喝起来。

她端起碗，也咕咚咕咚地喝起来。

放下碗，她想走，可一想，刚喝完水就走，有点儿不太礼貌，于是又坐下来。

屋里又静了。她又想到了那几个问题，经过一番酝酿，最后还是没问出来。

看见老人脸紧绷着，一直端着身子在那儿坐着，她赶紧站起来，说，水也喝了，该走了。

她跟着老人走到街上，老人在刚才那个地方坐下，她向老人鞠了一躬，说，谢谢。老人的脸上终于出现了放松的神态。

走了几步，她才发现，原来自己的心也掉到地上了……

# 想念小黄

她想出去走走。

关上门，她走到电梯那儿，摁了一下按钮，没动。她又摁，还是没动。

这时她才看见旁边贴着一张通知，上写“电梯正在检修中，请走楼道。给您造成不便，敬请谅解”。

她回到家，站在阳台上往下看，头嗡嗡地就转起来。

我说不搬，那死丫头要搬。当初买房子我就不同意。这荒郊野外的，买也不到这儿买！她回到家向女儿抱怨。

丫头说她到“市政规划模型展示”那儿看过了，将来这儿就是市区的中心，是黄金地段。到那时，房价噌噌地往上涨。我们不管是住还是卖，都赚了。

她说，那时是啥时候？那时还有我没有？

丫头不管她说啥，收拾东西就搬来了。

老王环顾左右，一览众楼小，看看天，够又够不着，只好又回到屋里，坐在那儿犯傻……

春天来的时候，满院子青绿。

到了花开时节，蜂飞蝶舞，好不热闹。

一天，天高云低，蜻蜓在飞。

她一看，恐怕要下雨了，赶紧往屋里收拾东西。忽然看见一条小黄蛇悠悠爬过来，她大惊，不知咋办。

小黄蛇也怔在那儿，抬着头，望着她。

可能它也受惊了，不知所措呢！她想。

于是她赶忙对它说，俺怕你，不想跟你交朋友，你走吧。

小黄蛇赶紧往旁边一挪，侧着身子走了。

那天，她一开门，就看见小黄蛇正贴着墙根儿爬行。大概是听到了响声，它抬头一看，急忙爬到墙上，头顶住墙体，身体一点一点地钻进里面去了。等反应过来，她已经看不见它的踪迹了。她跑到它消失的那个地方，啥也没看到，连个洞口的痕迹也没有。她疑惑了一会儿，又看，还是啥也没有。她后来又心疼又歉疚。它钻进去，头疼不疼呢？它去干啥呢？看它那样子，好像是要去约会似的！啧啧，自己出现得真不是时候，搅了人家的好事儿了。

再看见它，她就想跟它套近乎，但不知怎么沟通，只好站在那儿对着它傻笑。有时她会蹲下来，对它表示友好。她知道有关知识，说是当人与动物对视时，由于高低位置不同，动物会产生压迫感、不平等感，继而害怕、紧张，从而容易产生攻击行为。

后来她就发现，小黄蛇看见她不躲了。慢慢地，她还发现，她在院子里待着时，有时小黄蛇不知啥时候来到她身边，静静地待着。她看它时，它也会抬起头来看看她。

一年又一年，小黄也长大了，身子变粗变长了。

她一看见它，心里就安静了。

要是有段时间没看见它，她就会想，咋这么久还没看见小黄呢？其实小黄早就成了大黄了。不过她还是这么叫，习惯了。

现在她坐在屋里，很想念小黄。它现在咋样呢？它知不知道我想它呢？

她走出去，走到电梯那儿，摁了一下，电梯没动，这才看见那则通知。

她想，要不就走楼道吧。再一想，十八层，爬十八层这不要了她的老命？

她回到屋里，坐在那儿，三面是墙，一面是窗户。她看着窗户，窗户外是阴沉沉的天空，堵在那儿，一动不动。

她想小黄，想那个蜂飞蝶舞的院子……

# 你　好

心里的火苗越烧越旺，发出刺啦声。

她的脸阴着。

小白问，干啥这样子？

不干啥。

不干啥，你看你那张脸，吓死人。

她赶紧松弛了一下肌肉，笑了笑，说，真的没事。

哦，没事就好。我出去一趟。对了，那事儿，忘了吧。别老记着，伤身。

嗯，知道。早点儿回来。

为什么要那样呢？

原来说好的，只要不过保修期，可以退，也可以换。可现在，那女人把脸一板，不退！也没可换的货！

当初买那女人东西时，她的脸像朵花似的，又是介绍又是保证。可现在，竟是这副嘴脸！

她深吸了一口气，慢慢吐出来；又深吸了一口气，慢慢吐出来。如此几番后，感觉轻松多了。

她胡乱地晾衣服时，那女人的面孔又出现了，一会儿笑吟吟的，一会儿板着脸。

火又呼地一下蹿起来，火苗刺啦一声响。

干啥还是那样子？小白回来了。

你说那女人为什么要那样呢？

罢罢罢，不是说了吗，不想那事儿了，行不？都过去了，行不？

不是我要想，天地良心，我心里也不想想。

那不完了？

可这儿老往上冒气，她指着自己的心口，说，是它让我想。

小白笑了，算了算了，弄饭吃。

吃过饭看电视，看着看着，火苗又呼一下蹿起来。她换了几个频道，真没啥看的。

小白忍不住了，说，去看看今天的报吧。

她一页一页地翻，翻完了也没记住几个字。忽然，她又往前翻，果然，第四版的《民生》栏目里有个电话号码。她拨过去，竟然通了。你好！对方说，这是消费者热线，请问，需要帮助吗？

一缕清风吹进她心里，五脏六腑都荡漾着希望。

她把事情从头到尾一五一十地说了一遍，话筒里没有声音。随后，她听见对方说，你这几十块钱的东西不太好办，这样的事儿多了。要是数目大，我们可以出面调解。

希望破灭了。

对方又说，你可以自己再去找她商量，看能不能解决。

她找到那家店，店门关着，问旁边店的人，说，大概搬家了，好几天没见开门了。

她一到家就把包甩在沙发上。

小白斜了她一眼，说，不行，你就写个材料，我们投到报社去反映反映。

她找出纸和笔，奋笔疾书，字里行间充满了愤怒。她痛斥这种行为的不道德性，指出这种行为对社会的危害性。

她写完一看，竟然写了好几张纸呢。她又看了一遍，错别字没有，句子也还通顺。太漂亮了！她禁不住大声念起来，念着念着，“扑哧”一声笑了。

笑啥？小白问。

不投了。

为啥?

不为啥，反正不投了。说完她就把那几张纸“哧啦哧啦”地撕了。撕完随意一抛，飘飘洒洒地落了一地花瓣儿。

# 第二辑　千年忧伤

窗外的雪花儿飘落，你会想，为什么它是白色的？为什么它会从天上飘下来？

你仰望着，冥想着……

你出去旅游，看了很多城市，也到过许多地方，最后你发现，世界确实很精彩，但也很无奈……

在街上，看到一个流浪者，你想着，下次一定不会看见他了，可下次又看见他了……

# 千年忧伤

那天是个晴好的天气。上午八九点钟的样子，她正在步行街上行走，迎面过来一个人，穿蓝色上衣、黑色裤子，看起来很清爽。

突然，她的身子一顿，一股强烈的气息吸引住了她。

是他？

一千年前，他们是两片叶子。

几阵秋风吹过，树上的叶子都纷纷掉落，留下她孤零零地立在树上。

又一阵秋风吹来，她感到身上特别的冷。

还好吗？她听见有个声音传来。

四周一看，原来她身边的那棵树上，也只剩下一片叶子。

她说，还好，就是有点儿冷。

他说，坚持一下，慢慢就适应了。

不过这会儿还是很冷。她缩了缩肩，两手抱在胸前。

他说，别那样，你把手伸出来，跟我一起做做体操，一会儿就暖和了。

她把手伸出来，哎呦，冷，又缩回去了。

他笑了。过了一会儿他说，那我来给你讲个故事吧。

好哇。她看着他，有点儿兴奋。

从前呢，有个卖火柴的小姑娘，家里很穷，没钱买柴，无法取暖。晚上很冷，怎么办呢？她就点亮一根火柴，靠着那根火柴的光亮，慢慢入睡。

可我身边没有火柴呀？

嗨，你真笨！笨死了。你不会想象呀，想象着身边有根火柴，啪一声，点着啦。接着火苗往上蹿，冉冉升起，中间还夹杂着噼噼啪啪的爆裂声，然后大火熊熊燃起……

哦，用这种办法呀，那我试试。

她闭上眼，开动脑筋，想象着身边忽然出现了一根火柴，接着，那根火柴啪一下有了火苗,火苗越来越大,噼噼啪啪的爆裂声此起彼伏,她的身上越来越暖和了……

第二天,他又给她讲航天员飞天的故事。有一次,航天员正在飞行,突然看见窗户外面有道亮光一闪,吓了一跳,急忙跑到窗户边往外看,结果什么也没看到。航天员很紧张，怕有什么意外呀，第二次飞到那个区域的时候，又赶紧往外看，结果还是什么也没看到。

那怎么办呢?

是呀，这个问题得搞清楚，不然要出事故的。

是呀。

可飞船上只有他一个人，也没人商量，这可急坏了航天员。

哦，上天也不是那么好玩儿的呀!

那是。你以为上天是让你去玩儿的吗？让你看风景、游览？不是的！完全不是那样的!

那后来呢?

守株待兔呗。只有这个办法了。航天员计算出飞船到达那个区域的时间，提前在窗户前等待。等啊，等啊，结果……

你猜，他突然问她，看到了没有?

没有。

看到啦！他得意地说。

看到了什么?

嗨，就是地球上的闪电呀。他用两只手比画着闪电的样子。又用手往前一划,嘴里说着哗啦,两手敲起了鼓点,叮叮咚咚,叮叮咚咚……

干什么?

下雨呗。地球上正在下大雨呢。

哎哟，肚子疼……她笑得直不起腰来，你怎么知道那么多哟?

上网呗，看书看报呗……

哦，怪不得你知道那么多呢。她又笑起来了。

后来，他又给她讲了好些明星的八卦，还有动物世界的一些奇闻逸事，引得她一阵阵地开怀大笑。

就这样，时间一天天过去了，她也有点儿依赖上他了。每天一醒来，只要看见他，她心里就很踏实，很敞亮。

有一天，他忧郁地说，天气越来越冷了，总有一天，我们也要掉下去。

你是说我们也要死，也要分离？

他无言。

空气快要凝固了。两个人都有点儿窒息。

过了一会儿她说，那我们还能再见吗？

他想了想，说，如果有缘，一千年后，我们会在人间不期而遇。

一阵风过后，他掉下去了。

又一阵风吹过，她也掉下去了。

她看着迎面过来的那个人，越走越近，气息越来越浓烈，是他！真的是他！

她看见他也往这边看着，眼睛亮亮的。

她迎上去，正要搭话，一个女孩走过来，拉住他的手，她看见他眼里的那束亮光没有了。

他们手牵手在她眼前走过……

# 阿巴拉古

“阿巴拉古——”他把脚往前一踢，一只猫嗖地一下上了房顶。

最近他看了一部外国片子，里面有首插曲，很好听。他就跟着哼哼起来，但他不懂歌词，只弄清了里面的四个音节。按照汉语的发音，那就是阿巴拉古。从此，阿巴拉古就挂在他的嘴上了。

“阿巴拉古——”他一边哼哼，一边溜达。

一个人看了他一眼，又白了他一眼，过去了。

“阿巴拉古——”他把脚往前一踢，一粒小石子飞起来，正好落到一个人的小腿上，那人扭过头来瞪着他，干啥？想练练？

他跑起来——溜了。

椅子上坐了几个人，他走上去，冲着他们嘿嘿一笑，说，今天天气好冷啊。那些人抬起头来面带疑问，说，不冷啊。

“阿巴拉古——”他继续遛达。

对，溜达对身体是有好处的。

想起来了，歌星在唱歌时，是有动作的。他一边唱一边跳，好不快活！

他摸出手机搜到视频，又看了一遍，就跟着音乐跳起来。他一边跳，一边想着里面的细节。

哇，乖乖，真有一条小狗跑过来了。他赶紧上去学着那歌星的样子，亲切地摸了摸小狗的头。小狗一摆头，叫了一声，跑了。

“阿巴拉古——”他一边跳一边抱起正在路边玩儿的一个孩子，对着他的脸，摇头晃脑。“哇——”孩子哭了。

放下孩子，他继续跳。阿巴拉古——有人骑着车子迎面飞来，他

把那人一推，自己骑上了，一边唱一边摇头摆屁股。那人愣了几秒，立即大喊，抢劫，抢劫！

路人纷纷驻足，大喊，抓住他，抓住他！有人打了110。

出了巷子，正准备往一条大路上拐的时候，警察出现了，立刻把他从车上拽下来，“咔嚓”一声给他戴上了手铐。

为啥抓我？

没人理他，警察直接把他带上了一辆警车。

到了警察局，一个拿本子的警察说，说说吧，你为啥抢他的车子？

我没抢他的车子，冤枉啊！

啪！警察把本子往桌上一拍，说，再不老实，罪加一等！

我……我就骑了一会儿，玩儿了一会儿，没想要抢他的车子。

啥？玩儿一会儿？你抢别人的车子玩儿一会儿？鬼才相信！

是……是这样，我正在唱歌，学着电影里的歌星唱歌。

唱歌没问题呀。

他……他还有动作呢。

啥动作？

他把手机拿出来，点开视频，给警察看。你看看，这上面有视频，我就是照着他的样子玩儿的。

警察拿过来一看，上面真有一个人在那儿跳来唱去的，音乐很好听。那人一边唱一边跳，一边摸摸小狗、抱抱孩子。后来看见一辆车子来了，那人就把骑车人推下去，一摇三晃地自己骑走了。警察们相互看了看，差点儿笑出来，这车子他是没拿走。于是放缓了语气，说，就算你说的是事实，可人家那是演电影，你这是在大街上。你抢了人家的车子，那就叫抢劫。你在大街上这么玩儿，一来影响交通，二来扰乱秩序，这就叫扰乱公共秩序罪。如果两项罪名成立，那你就得住进去。

一个警察走到他面前，问，你有啥病没？

没，我没病。

一个警察说，别问了，我们要尽到责任，说着就把他塞进了一辆警车。

在一间屋里，他被灌了一瓶药水儿，很难闻。又拍了好几个片子，抽了血。

过了一会儿，他听见一个警察说，结果出来了，身体没问题，精神方面也没问题。

起来，走吧。有警察对着他喊。

他跟着警察走出来，看着警察们上了车，呜呜呜地开远了。

站这儿干啥？这门口人多，进进出出的，别挡路！

他一歪身子，看了那人一眼，那人毫不示弱，也瞪着他。

他走下台阶，走出大门，走上大街。

“阿巴拉古——”他把脚往前一踢，一个饮料瓶子“骨碌碌”地越滚越远，滚下坡去了。

# 外星人来了

对立统一定律。

他在黑板上写完最后一笔，念了一遍，看着没问题了，扭头往那边看。

那边的空地上，一群孩子正在打球。尽管只有一个篮筐，孩子们也打得热火朝天。

这个篮球场是他来了以后才建的。

他是到这里来支教的，时间一年。一来到这里，他就震惊了，孩子们连个活动的场所都没有。他观察了一下，就领着孩子们把教室旁边的一块地平整了一下，在上面竖了一块板子，在板上钉了一个篮球筐，又买了一个篮球。从此，孩子们可以打篮球了。

他把两手放在嘴边做喇叭状，朝着那边喊，上课了，上课了！

孩子们带着喘息跑过来，各自找凳子坐好。

稍微平息了一下，他说，开始上课。今天我们讲的课，比平时的课深一点儿，但考虑到我的任教时间，我还是决定讲。

孩子们静静地坐在那里，眼睛一眨不眨地看着他。

他说，不懂没关系，可以先记下来，以后慢慢领会。

孩子们默不作声，只是静静地听他讲。

他说，今天我们讲的是“物质力量定律”。“物质力量定律”有三条定律。今天我们讲第一条，他回头看了看黑板，用教鞭指着，一字一顿地念出了声：对立统一定律。

领队，我们出来的时间不短了，上哪儿找有生命的星球啊？空中，飞碟里的副领队有点儿焦虑地说。

你不找到一个有生命的星球，我们的食物问题怎么解决？领队说，我们星球上的食物越来越匮乏了。

可是，副领队说，大家都有点儿累了。

我们是军人！现在是执行任务时期，让他们继续密切注意仪器！

工作，大家倒是都不敢懈怠，二十四小时紧盯仪器。人员轮流上岗，坚持值守。

告诉他们，只有坚持，再坚持！

是！遵命！

今天我们讲“物质力量定律”的第二条：质量互变定律。什么叫质量互变定律呢？简单地说，就是量变和质变的问题。量变到了一定的程度，就发生质变。他对孩子们说。

有个孩子举手问，俺家的红薯一开始只是长了个小黑点儿，后来面积越来越大，整个红薯都黑了，俺妈说，不能吃了。这叫不叫量变到质变？

对！这就是量变到质变的现象。他肯定地说。

还有一个孩子说，比如，村里小花儿的母亲现在病重在床，她是一直这样的吗？显然不是。以前身体不舒服时，家里困难，觉得忍一忍也就过去了。可是，现在病情越来越严重了，这也是从量变到质变的现象。

老师，我的身上也越来越热了，你摸摸。一个孩子说。

孩子们“哄”一声笑了。

他走过去，摸了摸孩子的头，笑道，你这是刚才跑步弄的，没事儿。他看了看孩子，低头把他的扣子扣好，然后转身对大家说，刚才你们跑步，身上都发热了，这就是量变发生了质变。你们以后经常跑步、打球，锻炼身体，身体自然就健康了。

嘟、嘟、嘟，这是发现新的星球的信号。

工作人员立刻把观测仪对准星球的方向，进行测试。

第一项测试，有关温度的：红灯闪烁！

第二项测试，有关水源的：红灯闪烁！

第三项测试，有关有没有能产生生命体的一些基本元素的：红灯闪烁！

又是一个无生命的星球！再这样下去，大家都要疯了。副领队看了报告气愤地说。

报告！

进来！副领队说。

一名工作人员手拿一个文件夹，说，报告，我们飞船上携带的食物，只剩下三分之一了。

副领队看看领队，领队没说话，眼睛望着前方。

好了，知道了。副领队对工作人员说。

看工作人员出了门，副领队刚要说话，领队用手势制止了他，说，继续寻找，前进！

是！遵命！

孩子们围在他身边，他是去县城给孩子们买书的时候出车祸的。伤很重，医生说得先观察一段时间，再决定治疗的方案。

想起“物质力量定律”的第三条，还没有给同学们讲，他就想趁此机会讲讲，不知道自己什么时候才能出院呢。

可他说话有点儿吃力，刚说出几个字，同学们就马上制止，说，老师，你先看病，回去再上课。

他苦笑。一来不知道什么时候才能出院，二来他支教一年的期限也快到了。

他喝了一点儿水，感觉精神好多了，就让同学们拿来笔和本子。他在上面写上，“物质力量定律”的第三条：否定之否定定律。

写好之后，他断断续续地念了两遍。他告诉同学们，简单地说，这个定律的意思就是，事物在经过肯定、否定、再否定之后，它的发展方式就表现为螺旋式的上升和波浪式的前进。再简单通俗地说，就是我们平时常说的那句话，事情是向前发展的，但道路是曲折的。

同学们都静静地听着，默不作声。

他又说，你们先记住这个定律的名字，有机会我再仔细地给你们讲解，现在你们先念两遍给我听。

同学们于是开始念："物质力量定律"的第三条，否定之否定定律。

再大点儿声，声音有点儿小。他说。

同学们提高了声音念："物质力量定律"的第三条，否定之否定定律。

嘟、嘟、嘟，观测仪又响起来了。

工作人员立刻把观测仪对准发出响声的方向。

这次好像有戏。图表显示有异常，指针不停地摆动。工作人员兴奋地说。

快测试一下。副领队说。

第一项测试，有关温度的：绿灯闪烁！

第二项测试，有关水源的：绿灯闪烁！

第三项测试，有关能否产生生命体的一些基本元素的：绿灯闪烁！

哇！找到啦！人们欢呼起来！

嘟、嘟、嘟，观测仪又响起来。

怎么回事儿？副领队问。

工作人员经过仔细观察和计算，发现这个星球上正在发出声音。他们立刻打开星际翻译器，一听，原来星球上正在发出的声音是："物质力量定律"的第三条：否定之否定定律。

副领队立刻拿着数据报表跑到办公室，报告了情况。

终于找到有生命的星球了！副领队兴奋地说。

领队在埋头看报表数据。抬起头来时，他说了一句，这是个文明的星球啊！

什么意思，领队？

我是说，这是个文明的星球。

没听明白，领队。

我们怎么能把一个文明的星球上的生命作为食物呢？

领队，我们出来好长时间了，大家都有点儿疲惫了。现在终于找到个有生命的星球，我们也好回去交差了。

不行！我决定了，继续寻找，一定能找到个没有文明的、有生命的星球。

那我们飞船上的食物已不多了。

现在就派小型飞船回去，去取食物，然后火速跟上我们。

是！遵命！

# 左　耳

突然，她就想去一个地方。

虽然她还不知道这个地方在哪儿，但她知道，肯定有个地方，在召唤着她。

这不是她的臆想，而是她的真实感觉。因为她的左耳一直在被什么东西拽着，已经很长时间了。

无论在干啥，她都能感觉到。那个东西——虽然她看不见，也摸不着，但却在非常有力地拽着她的左耳，使得她的左耳老是竖着，处在倾听的状态，弄得她的神思老是恍恍惚惚的。

她背起背包就出发，朝着左耳指引的方向。

一座座城堡过去了，她的左耳在竖着。

无数的村庄过去了，她的左耳仍在竖着。

她只好再往前走。

那天，她走进一座大山，看见云雾缭绕处有一大片房屋，她的左耳放下来了。

哇，这真是个好地方！满眼青山，山中有溪流在叮咚流淌。

她走近房屋，看见有几个老人正在一棵大树下喝茶聊天，神情安详、淡然。

你们好！她向他们打招呼。老人们扭过头来看了她一眼，又回头继续聊天了。

街上人不多，三三两两的，也没有车来车往。人们都静静地走着。男人的穿着很整齐，女人的裙子也都过了膝盖。

有人在交谈，说话轻声细语的，不时有笑声发出来，声音不大，

但也没有在空气中荡起什么涟漪。

她走进一家小吃店，小吃店靠窗的位置上，坐着一个人。他对面是只猴子。猴子一看见她进来就说，我闻到一股异味儿……说着猴子把碗里的饭菜几下扒拉完，站起来走了。

对面的那个人看了她一眼，也赶紧扒拉完碗里的饭，站起来离开了。

她看见这里的馒头又大又白，就要了两个。吃着吃着，她哭了。小时候在奶奶家，吃的就是这种味道——甜丝丝的，带着一股新鲜麦子的芳香。

她喜欢上了这个地方，可她发现这儿的人并不喜欢她。他们有条不紊地过着自己的生活。

她想起小吃店里那只猴子说的话，难道自己身上有啥味儿？啥味儿呢？

山下有个小站，她早就查询好了，每天上午有趟车经过这里，驶往前方，下午又经过这里，开往她家的方向。

她早早地到达小站，站在路边等候。她知道，车是傍晚五点半经过这儿的。

可是六点的时候，车还没来。她有些着急，天快黑了。她在路边不停地走动,左右张望,想找个人问一下,可四处看看,这偏僻的小地方,哪儿有人呢？

六点半的时候，车依然没来，她忽然不着急了。这时她才明白，原来自己其实是不愿意回去的。

不愿意回到原来的那个地方。

更为关键的是，她往山下走的时候，她的左耳又开始竖起来了。放松了好多天的左耳，又开始被什么东西扯拽着，处在倾听的状态。

她想，也许什么事情都是注定的。

要不，该来的车为啥没来呢？

这样一想，她便转身朝着左耳指引的方向，往山上走去……

# 雨中的猫

这人……

怎么了？她玩儿手机正玩儿得高兴，听见声音抬头问。

他五岁死了爹……

咣当！

雨下大了？他看了一下外面，问。

她站起来，往窗户那儿走去。她向外看了一眼，窗外是一片空旷的地方。

这是一家旅店。他们趁假期到这儿来旅游，却赶上下雨天，无奈，只好窝在屋里。她把窗户关好，看着外面。雨越下越大，在地上砸了无数的小圆圈儿，一圈儿一圈儿地荡开来，最后消失不见。

忽然，她看见旁边儿的院子里有只猫，正在雨中待着。那只猫好奇怪，它看着一堵墙，然后就往墙上冲去，冲了几步又下来，然后再冲……

她回到卧室，听见"哗啦"一声，他又翻了一页。已经好长时间了，他就那样窝在那儿，手里捧着一本杂志。你不能老这样啊，站起来走走。

站起来干啥？

哦，对了，刚才你说啥？

我说他五岁死了爹，娘又是个精神病。

哎哟，那是个事儿……哎，对了，我看见那边儿的院子里有只猫。

猫？

嗯。

那有啥大惊小怪的？

不是，我是说那只猫挺逗的。

逗啥？

它在雨中操练呢，看样子还很带劲儿。

哦……

它对着那堵墙往上冲，然后又下来，然后再冲。

知道了，它在突围。

什么意思？

有人把它放在那个院子里，没带它走。

哦……

十几岁就跟着大人外出打工，好不容易找了老婆有了女儿，女儿又被检查出脑子里有个瘤子。

谁呀？

就这个人呗，他指了指杂志，这上面有个《讲出我的故事》栏目。

哎呀，别老说这些了，影响情绪。

她走到窗户前，看着外面，那只猫还在雨中站着，看样子精神依然抖擞，一会儿往这边儿冲几下，一会儿又往那边儿冲几下。可那堵墙太高了，它老冲不到墙顶上，好几次还摔到了地上。

她看见那只猫稍作停留，又往后看了看，然后后退几步，又开始冲锋了。

她的心提到了嗓子眼儿，眼睛一眨不眨地看着，心中为它鼓劲儿。

好！这回就差几步了，她不由得鼓起掌来，一边紧张地盯着……哎呀，糟糕，又掉下来了。

回到卧室，“哗啦”一声，他又翻了一页。唉，可怜的猫。

他老婆又病了。

你怎么老说他呀？哎，对了，她女儿好了没有？

女儿好了，老婆又病了。

哎哟，够倒霉的。

你说咱要摊上这些事儿怎么办？

哎，你说，我们能不能帮帮那只猫？

怎么帮？我们又不知道那个院子怎么走？

我出去看看。

我去吧。

也好。你出去走走。

不一会儿，他回来了，说，不行，找不到那个院子。

我去看看。

她下去的时候，一层一层地看，但是到一楼的时候就看不见了。出去转了一下，也没个结果。

她回到楼上一看，那只猫不见了。

突围了！那只猫成功了！她兴奋地告诉他。

“哗啦”，他又翻了一页。我看看这个人的情况好起来没有？他说。

# 淅淅沥沥的小雨

来得多了，就发现这个城市里有个24小时的餐饮店，里面的人总是很多。就餐的人大部分集中在南边的大厅里，而北边的一溜小隔间里，大部分是闲坐的。除了说话的、发呆的、玩儿手机的，还有睡觉的。所以，我偶尔也会到这里来坐坐，休息一下，然后再踏上前去的路。

喏，就是现在，我正坐在这里，坐在北边这一溜小隔间的一个靠后的座位上。从我的角度望去，能看到南边大厅的一部分，也能看到每个小隔间的一部分。

因为这个房子靠着一家商场的边缘而建，呈月牙形，有个弯度，而隔间又都是敞开的，所以能看到每个房间的一部分。

在第一个小隔间，那里正坐着一男一女两个年轻人。能看见那个女孩儿的脸，但看不见男孩儿的，因为男孩儿背对着我。那女孩儿甜甜地笑着，很幸福的样子。女孩在不停地说话，还不时地夹一片东西往男孩儿的嘴里送。

这时，进来两个人，一男一女。两个人表情淡然。男人看了一下，用手一指，他们进了第二个小隔间。男人把手一摆，女人坐下了，男人也坐下了。这时只能看到那个男人的脸，却看不到那个女人。

窗外的雨，淅淅沥沥地下。路上，汽车疾驰而过，行人们都打着伞，步履匆匆。

那女孩儿依然甜甜地笑，很幸福的样子，仍往男孩儿的嘴里送东西。

第二个小隔间里的那个男人，表情严肃，眼睛望着别处。

窗外的雨，淅淅沥沥地下。雨水顺着窗户玻璃像小溪一样，汩汩地流下来，一会儿就模糊一片了。

就在这时，我看见他走过来了。他举着一把伞，裤腿卷得高高的，急匆匆地走来了。

我们大约相识在十年前吧。十年前，有个朋友聚会，我去参加。席间因有事儿，我出来了。我办完事儿，站在外面想看看街景时，发现有个人正站在窗前看风景。就这样，我们认识了。

他长得并不帅，肤色也不太白，但有种亲和力。这是我多年以后总结出来的。就像你走在大街上，对面有好多人，有的人过去了，就像刮风一样。有的人你一看见就有种很好的感觉，甚至会怦然心动。这应该就是一种缘分吧。

那时我在单位上班，忙时会加班，每次晚了他都会来接我，无论刮风下雨。

夏天的一个晚上，电闪雷鸣，我打电话告诉他，别来了，一会儿加完班，我打车回家。我忙完，走到单位门口，准备找车时，却看见他正站在大门外，裤腿卷得高高的，双脚泡在水里。

我哭了。

多年以后，我才明白，那是上天在教我走路呢，事情的发展往往不是直线型的，它需要有坡度、有弯度，这样才能少出事故，才安全。不信你看，哪条道路完全是直线呢？

我看着那个人，是的，是他，十年了，他没变，还是原来的他。

我站起来，走到门口，把门打开。

风吹来，雨水打湿了我的脸，吹凉了身上的衣衫。

屋外是淅淅沥沥的小雨，疾驶的车辆，匆匆的行人。那个举着伞、裤腿卷得高高的人，在哪儿呢？

我仔细寻找，没有！

坐在第一个小隔间的那个女孩儿，就是那个脸露甜甜笑容的女孩儿，也没了。

第二个小隔间里表情淡然的男人，也走了。

座位上空空的，我突然想到，要是刚才窗外的那个人，真的是他，他就坐在我的对面，那我们会是一个什么样的状态呢?

# 归　来

我飞起来了，越过房屋，跨过河流。

我张开双臂，张大嘴，迎着风，大口大口地吸气……好了，呼吸顺畅多了，身体也放松下来了。

回头望，那个灰蒙蒙的世界，我再也不想回去了。

现在，我已经到了万米高空，正在自由翱翔。

一只小鸟在前面飞，我奋起追上它。

它惊讶地问，你咋在这儿？

我说，下面有霾，还冷，我就逃出来了。

它哦了一声继续飞。不一会儿，它就飞远了。

一朵白云飘过来，轻轻的，柔柔的，抚摸着我的脸颊、我的身体，我感到从未有过的温暖。

那只小鸟又飞过来了。它说，这儿恐怕不适合你。

我说，感觉挺好的呀，我不回去！

我使劲儿把四肢舒展开，让身体的每一个细胞都能呼吸到清新的空气。

迎面有个东西飞过来了，不像是小鸟，是啥呢？近了，一看，原来是个人，但已经死了，而且肢体不全，面目狰狞！好可怕，我赶紧往一旁闪了一下。

咋会有死人在这里飞呢？我想起来了。我看过一篇报道，说是宇航员们在天空中看到了一些人，他们都是从地球上飞出去的。由于远离了人类的喧嚣，承受不了宇宙中巨大的寂寞，最终都痛苦地死去了……

你还没回去啊？一个声音响起。

回头看，原来是小鸟又飞过来了。我看了它一眼，想了想，赶紧往下飞去。

可是，很快我又看见了那灰蒙蒙的世界……

我又往上飞，死也不死在那里！

我想飞快些，快些离开这个鬼地方，但好像总是快不起来，感觉有股力量在往下拽我。

我调整了一下姿势，继续飞，但还是快不起来。

谁在拽我呢？我看了看，下面没人，连只小鸟也没有。我往下飞了飞，感到那股力量又强了一些。我再往下飞，那股力量更强了。谁呢？谁在拽我呢？

我继续往下飞。

这时，我离地面越来越近了，那股力量扑面而来。我寻找着那股力量，终于嗅到了一股气息。这股气息太熟悉了，它就是痛苦和幸福。

我又往上飞。我不想看到痛苦。

可是，我没飞起来，我的脚抬不起来，翅膀也展不开。我往下看了看，原来是幸福，是它在拽着我。

我犹豫了……

我在空中盘旋，心里想着能让我回去的理由，可是想来想去，眼前除了灰蒙蒙，还是灰蒙蒙……

我想往上飞，可是还是飞不起来。我看了看，痛苦和幸福都在拽着我。我说你们松手吧，让我飞走。

他们说，回来吧，孩子。这儿才是你的家。

我看着痛苦，那你为啥老让我受苦呢？！

痛苦苦笑，你说呢？

我又看着幸福，你给过我幸福吗？！

幸福脸红了，你说呢？

两只小鸟飞过来了，肩并着肩，不时地啁啾几声。

我仔细想走过的路，一路上的风风雨雨，遇见的人，看见的景，熟悉的街市，河边洗衣的女子，水中嬉戏的鸟儿……

我哭了。

播音员正在播报天气：雾霾会很快散去，灿烂的阳光将洒满大地。

# 囚

囚，是个象形字：四面是墙，中间有个人。一个人被关起来了，关在一个封闭的空间内，没有自由，相对独立，这就叫囚。

囚的时间长了，人就不舒服，渴望出去，渴望自由。

这人学过武术，有一天，他运足气，一使劲儿，嗖一下就跳出围墙了。

外面的世界真好。他甩甩胳膊，蹬蹬腿儿，开始溜达。

他看见农人正在地里干活，就问他们收成怎样，地好不好种，一季能打多少粮食，怎样除草，怎样育苗。

他看见工人正在做工，就问这个产品是干什么的，要几道工序，谁设计出来的，设计的原理是什么。

他看见人们有喜有怒，有恐惧有悲伤，就跟他们交朋友。他跟他们同吃同住，在一起干活，体验他们的生活。

他来到草原上，看一望无际的草原，看风吹草低，看牛羊。

站在高山上，他看见了徐徐升到空中的太阳，又看见太阳慢慢滑落至西山。他观察太阳升起的时候，大地是什么样的。太阳在空中的时候，大地又是个什么样的。太阳落山的时候，大地又是什么样的。

他在海边，看潮起潮落。他驾船出海，看海面上翱翔的燕子。他潜到水下看海底世界，看生命的起源。在阳光灿烂的时候，他躺在海面上，闭上眼，感受水的温柔。在雷雨交加之时，他瞪大眼，观察大海的各种变化。

在沙漠里，他感受沙漠的颜色、沙漠的温度，也感受饥渴。他观察那一道道沙丘是如何形成的，那一抹抹绿色又是如何生长的。看着一眼望不到边的沙漠，他明白了什么叫绝望。

静静的夜里，他看见天上的星星一闪一闪的。等站在空中再往下看，他才发现，原来他所生活的地球是那么小，还不会发光，是靠太阳的光照来反射亮光的。

在人迹罕至的地方，他看到工作人员正在开动钻机，以提取样本，来探知地球的历史。

百米外，一些人正在守着一架机器，严密地监控。一问才知，他们试图在浩瀚的宇宙中寻找地球以外的生命。

他来到森林里，和动物们在一起，跟它们一起外出寻找食物，一起在山林中玩耍。

有一天，他看见夜色中有盏灯。在一个小屋里，在浓浓的夜色中，那盏灯发着柔和的光，看着很温暖。他不由自主地朝灯走过去。

他进了小屋，里面没有人。他关上门，坐下来，感到外面的世界离自己越来越远。

这时候，他感到自己被囚禁在一个封闭的空间里，四面是墙。不过这时候，他不再是个囚徒了。

他成了一个最幸福的人。

# 一只蚊子

按事先的约定，太阳出来时，双方准时到场……

事情的起因是：国家正在举行大选，两个竞选者经国民投票，竟然得票一样多。选委会只好根据宪法，举行第二轮投票。

在此期间，两个竞选者都分别进行了一次大规模的宣传。他们下到原来不太注意的偏僻地方进行演讲，宣传自己的主张，承诺给大家创造更多的就业机会，保证大家能过上更好的生活。

为了显示公平公正，选委会又让他们举行了一次电视公开辩论，来阐述自己的观点和具体的施政纲领。

一切准备工作就绪，第二轮投票开始，结果仍是得票一样多。

大家你看我我看你，都不知道接下来要咋办。这时，有人说让他们决斗，分出胜负来。

大家都笑了。这都什么年代了，还兴那个？

那你说咋办？这都折腾两次了，也没出来个结果，还不如来个痛快，大家也娱乐娱乐，双赢！

大家一想，这还真是个没办法的办法。于是就默认了。

时间、地点都选好了，双方开始做准备工作。

为了叙述方便，我们暂且称他们为黑、白。

黑打造了一把剑，每天啥事儿也不干，整天在磨刀石上磨啊磨……

白也打造了一把剑，每天也啥事儿不干，也在磨刀石上磨啊磨……

在这里，我想再多啰唆几句，啰唆什么呢？说说他们各自的身体状况吧。既然决斗，体力还是很重要的。

黑出生于一个富裕的家庭，体格健壮，长得像头熊。

不过大多数人并不看好他。

白出生于平民家庭，凭着自己的努力，一步步走到今天。

大家都看好白。大多数的平民还是喜欢平民出身的白。白长得高高大大的，体格也还行，所以大家都觉得白能赢。

决斗的时刻到了。

黑试了试手中的剑，没问题，锋利无比。

白试了试手中的剑，没问题，锋利无比。

黑想想，还该干点儿什么呢?

白想想，还有什么需要准备的呢?

黑让手下端来一个盘子，上面放着一只蚊子，蚊子炸得金黄金黄的，黑拿过来吃掉了。

白看着黑的样子，很是不屑，心想，来吧，我一定能赢得这场胜利的。

裁判员问，都准备好了吗?

黑说，准备好了。

白说，准备好了。

好。裁判员一挥手中的小旗，喊道，开始!

现场一片静寂，只听见剑与剑碰撞的声音。

几个回合下来，他们的动作都有点儿慢下来了。

各自的亲友团使劲儿喊，加油！加油!

“咕噜”一声，白的肚子响了一下。这时白忽然想起黑上场前吃的那只蚊子。

不过此时容不得他多想，因为黑已经咄咄逼人地杀过来了。

白只感到身体一阵阵发虚，那只蚊子又一次出现在他的脑子里。他真后悔，要是当时自己也吃一只就好了，哪怕炸得不是金黄金黄的。

他紧紧盯着黑，黑也紧紧盯着他。

僵持了一阵儿，黑突然发力，猛地向他刺来，完成了决斗的最后一个动作。

裁判员宣布，黑获胜！

大选的结果终于出来了！

不过国民们也没有欣喜若狂到忘乎所以，只是想着这事儿总算是结束了。下一次没准儿是谁呢。

还有，我忘了告诉大家，这场决斗的两个主角是两只壁虎！

# 竞　选

虎王和狮王打起来了。打了数月，不见分晓，这仗是没法儿打了，撤吧。

到家后，虎王怒气难消，吼叫了一阵后，想到办法了。虎王让人把狮王的画像张贴在最繁华的大街上，对着所有过路的猪狗牛羊说，踩！给我踩！踩死它！

这事儿传到狮王那里，狮王暴跳如雷。

狮王想来想去，只有再打，不把虎王打入十八层地狱，决不罢休。可再一想，就这么呼啦啦冲过去，出师无名，得找个理由。

不久，狮王的任期到了。狮群有狮群的规矩，王的任期都是五年一届。

狮王卸任后，事情明显少多了。这就有更多的时间来集中考虑打败虎王那件事儿了。

狮王指示儿子竞选下一届的王位。

儿子竞选成功后，很快就找到了出师的理由。因为据它了解，虎王在任职期间，打死过一只小老虎，仅仅因为饥饿的小老虎偷吃了它的一块饼干。这叫不尊重虎权，蔑视生命。想想看，一个活生生的生命，因为偷吃了一块饼干，就被打死了，这还了得！

狮王的儿子——也就是现在的狮王，打着“保护平民、尊重生命”的旗帜，率领着队伍，浩浩荡荡地出发了。

这时的虎王已经老了，力气也大不如前。狮群把虎王逮住并砍了头，还把它的两个儿子也砍了。

这下狮王舒心了。

儿子因为政绩突出，还连着当了两届狮王。

这天，老狮王带着孙子在森林里散步，突然看见不远处有个枪口，老狮王忙拉着孙子躲起来。不一会儿，它就听见“砰”的一声响，有只大鸟掉下来了。

等周围的一切平静后，老狮王跑到那边儿一看，大鸟已经没有了，地上有很多血，还有一窝小雏鸟，啾啾地叫着。老狮王看着很揪心，就把小雏鸟抱起来，拿回家去养。

在给小雏鸟喂食的时候，老狮王突然想起了虎王，听说虎王也有好多孙子呢，不知它们现在怎么样了。

想了想，老狮王就指示二儿子参加下一届的王位竞选。

二儿子是做慈善工作的，不愿意从政。狮王就给二儿子讲虎王的故事：有一年，狼王搞扩张，率众侵犯虎地，当时的虎王昏庸无能，无力抵抗。这时，站出来一位将军，也就是后来的虎王。它站在山头上振臂一呼，率领虎群把狼王赶跑，捍卫了虎群的利益……当年它也是条汉子啊……那时我也年轻，争强好胜……现在，我也老了……

二儿子就同意了。

# 塑造完美

巴图尔制造了一款美女机器人，放到展览会上展示。

观众们围着美女机器人，有说好的，有说不好的。

比如，这儿，鼻子这儿有点儿圆润，没力度，要让它挺拔起来，显得有立体感，才更美、更真实。有观众指着美女的鼻子说。

肤色也太白了，给人不成熟的感觉。有人又指出了一个问题。

回到家里，巴图尔针对这些问题仔细琢磨，慢慢打磨，终于把这两个问题解决了，达到了比较理想的效果。

他请人来看，大家看了半天，一时也挑不出什么毛病来，都点头认可，说，还可以。

出门逛街时，他就带上它。

有了美女机器人的陪伴，他走到哪里，哪里就成了焦点。很多人围上来观看，还纷纷与他们合影留念。

新闻记者也实时地抓拍了几张，赫然刊登在晚报的头版头条上。

电视台的记者也跑来对他进行了专题采访，在电视的黄金时段一遍一遍地播放，还配发了“本台评论”。

男人们都羡慕他，女人们则嫉妒美女机器人。

他才不管那么多呢，有那么多目光的关注，感觉特爽！

要不你们也制造一个出来看看？他在心里得意地说。

不过很快麻烦就来了。

有一天，他和美女机器人正走在一条小街上，忽然美女机器人不走，看着一边，大喊大叫，我要吃，我要吃。

顺着她的目光，往那边一看，原来那边有个卖羊肉串儿的。他心想，

要吃就吃呗，喊什么？！多丢面子。

于是上前给她买了几串羊肉串儿，并教训她，下次不准这样了，让人笑话！

回到家，他反思了一下，这不怪她，是自己太注重表面了，只刻画了她的外部形象，忘了怎么让她保持心灵美。于是他赶紧找来一些道德礼仪方面的资料，输入她的大脑里，让她接受这方面的教育。

有了这个措施，他放心了，应该不会再出现这样的问题了。

他带着她去出席一场宴会。

正在大家谈笑风生、杯觥交错时，她又大喊大叫起来，我要吃，我要吃！

他扭头一看，原来有个人端着一盘羊肉串儿从旁边经过。他还没反应过来，人们就哄笑起来，弄得他好尴尬。

他气急败坏地把她拖回家，下决心要改正她的这个毛病。

为此他在电脑上折腾了好些日子，功夫不负有心人，总算弄出来一个软件，可以制止她的这种行为。他把这个软件输入她的大脑里。

这下好了，看你们还说什么？

他又带着她去逛街了。

路过一家卖羊肉串儿的，他特意注意了一下，这次她没大喊大叫，也没说话。

他向她做出了一个胜利的手势。

可是，他的手势还没放下来，就看见她的嘴角流出了一串儿口水，他赶紧帮她擦掉，然后把她拖回家。

他不是一个认输的人，他一定要把她塑造得完美。

由于他夜以继日地操作，翻来覆去地折腾，电脑受不了了——罢工了。

无奈，他只好又换了一台新的电脑。他又折腾了些日子，总算又弄出了一个软件，可以解决流口水的问题。他赶紧把软件输入她的大脑里。

好了，这回看你还能出什么问题？他拍拍美女机器人的头，恨铁不成钢地说。

美女机器人向他抛了一个媚眼，眨眨眼睛，没说话。

羊肉串儿！好吃的羊肉串儿！

卖羊肉串儿的又出现了。

他看着她，心想，看你这回还能出什么丑？

只听“哗啦”一声，美女机器人以摧枯拉朽之势碎了一地……

怎么回事儿？他的第一反应就是这句话，其他什么也说不出来了。

# 和谐人生

身边有个人！

这发现可是爆炸性的，因为，多少年来，他还从来没有这种感觉。这让他既好奇又惊喜，甚至都想到了是否要去申报吉尼斯世界纪录。

不过，乐极生悲，这种感觉没有持续多长时间，他就变得烦躁起来。因为这个人像黏在他身上似的，不离不弃地一直跟着他，他走到哪儿，她就跟到哪儿。他停，她也停：他坐，她也坐。

讨厌！你说说，这多讨厌人！

他使劲儿往外一推，把她推开了。

可他一转头，她又黏上来了。

嗖嗖嗖……他连翻了七七四十九个跟头。

可他刚停下，就发现她还在身边。

他想了想，以急行军的速度往前疾走。

等走到呼哧呼哧地大口喘气的时候，他心里想，这回总该把她甩了吧？

可他刚一想，就听见自己身边也有人在呼哧呼哧地大口喘气！

他慌了，骑上一辆没上锁的单车，使劲儿一踩，就冲出去了。

喂，你撞着我了！有人把车子拽住了。

谁撞你了？他怒气冲冲地瞪着那个人。

看看，怎么说话的？那个人一边说一边卷起了袖子。

你撞着人家了，她在一边软言提醒，一边又问那个人，撞疼了没？我看看。

嘿嘿，那个人讪笑着说，倒也没啥……

对不起。她微笑着说，是不小心，不是故意的，实在对不起！

嘿嘿，嘿嘿，那个人一摆手，说，走吧走吧……

谁要你多管闲事？他一把推开她，吼道，滚！

看见一家小店铺，他一头就钻了进去。他进去才发现，这是一家小吃店。

小吃店？那要不——吃点儿啥？他看了看摆放的各种小吃，没啥好吃的，最后要了份“桂花糯米藕”。

店里的环境还算干净，音乐低声放着。他一边吃一边看着屏幕上的电视。

血淋淋的两个人躺在地上。周围有人正打110、120，有人在议论，值吗？撞着了，伤了送医院。没伤，说声对不起，不就完了？非要都跟吃了枪子儿似的，大动干戈……

他不由得看了看身边的她，她正安安静静地坐在那里，看着电视……

一个美女出来了，这美女长得有点儿……哦，想起来了，像他中学同学。

那时候……他感觉他的腿被撞了一下，低头一看，原来是一个皮球！再一看，那边儿有个小男孩儿，正怯怯地看着他。

刚才美好的情绪一下子没了，恼怒涌上心头，他刚要发作，她就捂住了他的嘴，说，小孩子玩儿呢，不必计较。

他说，滚，别管我，正烦呢。

她说，你忘了你那时候踢球把人家的玻璃砸了？

你咋知道？

咱俩是一个人。

滚！谁跟你是一个人？

罢罢罢，你看咱俩能分开吗？

他想了想，看了看她，有点儿泄气。

那到底是咋回事儿？他问。

咱俩就是一个人，她说，我就是专门来跟你作对的。

为啥？

为了让你，也就是我，活得更好呗。

他看着她……

突然，他看见那个小男孩儿快要哭的样子，心一软，就说没事儿，说着把球往外一送，皮球骨碌碌地跑到小孩儿脚下了。小孩儿高兴地说，谢谢叔叔。

叔叔，我看你像那个什么和谐电视剧的那个主角，我很喜欢看那个电视剧，你能给我签个名吗？小男孩儿说着就拿着一个本子走过来。

哎呀，给叔叔添啥麻烦呢？一个女人边走进来边说。

他说，没有，这孩子挺乖的，挺招人喜欢。说着他又问小孩儿，我把那个电视剧的名字写上，好吗？

小孩儿点点头，他就在本子上一笔一画地写上：和谐人生。

# 第三辑　洹水岸边

洹水，发源于太行山脉中的林虑山下，全长约170公里，自西向东流经林州、安阳等地，最后汇入大海。

洹水不仅哺育了沿岸的儿女，还孕育了灿烂的历史文化。一片甲骨惊天下，中华民族悠久而厚重的殷商文明，就发源于此。此外，苏秦拜相、曹操入邺、阿斗被俘、洹上垂钓等轰轰烈烈的历史事件也都发生在此。

让我们怀着敬重的心情，试着慢慢地重温……

# 铜　雀　台

这天，曹操正在铜雀台上与友人一起读书写字，有人来报，说，蔡文姬求见。

蔡文姬是曹操的老师蔡邕的女儿，也是当代著名的女诗人。可惜命运多舛，战乱中流落到了北国塞外，过了几年颠沛流离的痛苦生活。曹操听说后，想起老师当年对自己的好，就花重金把她赎了出来，还给她找了郎君。

今天她来有什么事儿呢？曹操忽然想起一件事儿，就对来人说，让她进来吧。

门帘一掀，一个头发散乱、赤着脚的女人走了进来。曹操还没看清是谁，来人就“扑通”一声跪倒在地，说，我夫有罪啊。

曹操说，那件事情已经处理了。

蔡文姬说，我知道他罪该死，不该顶撞您，犯了顶撞您的罪。

曹操嗯嗯了几声，心想，那你还来干什么？

蔡文姬说，大王，您是知道的，当初您让我嫁给他，他是不愿意的。他年方二十，正值青春年华，长得帅又有文采，身后有好多仰慕者和追求者。我则是残花败柳，人到中年。他怎么会愿意呢？他是看在您的面子上，不敢违背您的旨意才娶我的。可婚后，我整日思念留在塞外的儿女，神思恍惚，对他少有照顾。他心情不好，又没人诉说，整天喝闷酒。那天您找他有事儿，他正在喝酒，接到命令后，匆匆去了，结果就发生了顶撞您的事儿。他是喝酒喝昏了头，一时冲动了。

曹操想起当初董祀是不愿意娶蔡文姬，自己又是做工作，又是提升他的职位，他才勉强同意了。想到这里，曹操说，那你说，他犯罪还有我的责任了？

蔡文姬连忙说，不是那个意思，我怎敢说您的不是呢？感恩还来不及呢。我是想说说这件事情的经过，世上没有无缘无故的爱，也没有无缘无故的恨，凡事都有个来龙去脉呢。

曹操想，不愧是大诗人，都这会儿了，说话还一套一套的。不过曹操又想了想，说，就算是有点儿由头，值得同情，可我的命令已经发出去了，不能更改。

蔡文姬说，您是大王，杀不杀是您一句话的事儿。

曹操出气儿不匀了，你这话说的！我是坐在了这个位子上，手里有了点儿权，可我也不能随便杀人哪，是不是？我还想多活几天呢。再说了，我这个位子也不是凭空得来的。

蔡文姬忙磕头说，我夫是有罪，罪该死。

曹操舒出一口气，说，那就这样吧，我说过的话，要是又改了，也不好，是不是？再说了，我们执法只讲事实，不讲感情，要都像你说的那样，那我们的案子还判不判了？法还执行不执行了？

蔡文姬说，我流落塞外十几年，今日得回家乡，全仗您的恩赐，对您感激不尽。现在生活刚刚稳定下来，若又没了丈夫，我将如何？又将流落何方？

曹操张了张嘴，一时答不上来。

一直没说话的友人也是蔡邕的学生，这时插嘴说，您不是一直希望能读到老师的藏书吗？

曹操便问，家里的藏书还有吗？

蔡文姬说，几经战乱，早已全部丢失了，不过，我还能背出几篇，董祀的记忆好，他能背出几百篇。

曹操张了张嘴，没发出声来。

友人又插嘴说，不妨先让董祀把能背出的文章记下来，立功赎罪，再做定夺。这样您也能读到老师的藏书了。

曹操看了看蔡文姬，蔡文姬散乱的头发下，一脸哀容，这大冷

的天儿，脚上还没穿鞋，于是连忙叫人拿来鞋袜给她穿上。如今她才三十多岁，当年在老师家，那个亭亭玉立、能诗会琴的少女，怎么变成这等模样！曹操不禁心一酸，唉！

一年后，曹操与袁绍开战，袁绍的笔杆子陈琳书写战前檄文，历数曹操的罪状，其中一条是：奸贼曹操，专制蛮横，政令出尔反尔，使得人们无所适从，战战兢兢。比如，著名诗人蔡文姬的丈夫按罪当死，可蔡文姬去了曹操那儿一趟，死罪就免了。不知道他们之间有什么潜规则呢？若此人不除，世风日下，天下何来太平？

# 一鼎红烧肉

也不知过了多久，眼前忽然亮起来了。我看见周围围了好多人，看了看，一个也不认识，他们穿的衣服也很奇怪。这是哪儿呢?

我看了看身边，咋都是土呢?

只听其中有个人说，这是一个鼎。这可是商朝存在最有力的证据。我们的发掘工作进行了一个月，总算是有收获了。

鼎?这不是我的名字吗?我咋会出现在这里?女主人呢?

我往厨房看，只看见了一些断墙残瓦，还有一些滚落在地的锅碗瓢盆的碎片……

哦，我想起来了，那天，女主人接到了征战在外的儿子的来信，信中说他最近要转战到另一个地方，会路过家乡。头领考虑到他家的情况，特意批准他回家探望一下母亲。

听到这个消息，女主人高兴坏了。她有五个儿子，四个儿子都在战争中牺牲了,可女主人依然选择送第五个儿子参军。女主人对儿子说，我们不能在家等死，只有消灭了敌人，我们才能过上平安幸福的生活。

现在儿子要回来一趟，女主人高兴得几天几夜睡不着觉。到了约定回家的日子，女主人买来肉，做了儿子最喜爱吃的红烧肉，怕凉了，就找到我，说，放你这儿吧，你的保温性好。这样我儿子啥时回来啥时就能吃上热的红烧肉。

我的制作工艺很复杂。制作我的材料是从遥远的大西北地区运来的，所以我的价格很贵，我的兄弟姐妹们经常出现在王室宫殿的各种宴会上。我来到这儿还感到有点儿委屈。不过宁在山林为王，不去宫中做官。他们平时很看重我，总是把重要的东西放我这儿。

现在女主人把做好的红烧肉放在我这儿，我也很高兴。我得对得起她对我的信任。她把我的盖子盖好后，告诉我，她到村口去接儿子了。我就开始，静静地等她儿子回来吃红烧肉。

忽然，我感到身子猛地震了一下，接着就摇晃起来，接着又听见有人喊，地震了！地震了……围观的人中有人走到我身边，挪动了我一下，说，挺沉的，里面好像有东西。旁边有人说，打开，看看里面是什么？一双手就把我的盖子掀起来了……

哇！红烧肉！他们一起喊。

还好好的呢，像是刚做的！

天呐，这都三千多年了呀……

密封性好。文献上有记载的，商朝时的青铜铸造业已经达到了很高的水平。

我扭过脸去，不想听他们啰唆。我心里挂念着女主人，现在她在哪儿呢？她儿子回来了吗？

# 守　护

像往常一样，我摸索着把一片片甲骨又整理了一下，然后数了一遍，一片也没少，也没有破损。我放心了，坐下来休息。黑暗中，其实我什么也看不见，也没有什么时间概念。下雨了，刮风了，我都不知道，我就知道要看护好这个档案馆。我记住了商王在临走时交代过的话，敌人已经打过来了，这批甲骨，决不能让敌人抢去，我们准备就地掩埋，一定要留给子孙。我说，我愿意留下来看护。商王说，只是苦了你了。我说，我愿意。

一条蛇从我的脚上爬过，绕着我转了一圈儿，然后又爬到我的脚上，我没动。我知道它不会伤害我，我们已经是老朋友了。我看着它一点一点地长大，它也看着我一天一天地变老。它待在我的脚上，我感到一股活的气息在身体里激荡。事实上，我也给它温暖，我们彼此相依相偎，谁也离不开谁。这时我感觉它抬起头来看着我，我也看了它一眼。我们彼此心照不宣，不用说话，就这一眼就够了。然后它离开了，我则等待它的下次到来。

音乐响起，是那只小飞虫。它每天都来陪伴我，给我唱歌。它的歌声很好听。在它的歌声里，我看到了大海，看到了高山，还看到了山间涓涓的溪流、河中汹涌澎湃的浪涛。在它的歌声里，百花开了。麦子熟了，金灿灿的小米碾出来了，雪下了。

现在是哪一年呢？怎么还没人来寻找甲骨呢？

我拿起戈和箭镞又擦拭了一番，然后用手试了试，嗯，还好，锋利无比。我又坐下来休息。

就在这时，我感到周围的土忽然动了一下，然后又动了一下。好

像还有咚咚的声音，但有些遥远，似是而非，我有些拿不准。我屏住呼吸，侧耳细听，仔细辨别。过了一会儿，土的震动越来越大，声音也越来越清晰。果然是有动静了，好像有人在刨土。

我急忙把戈和箭镞拿出来，如果是敌人，我就和他们拼死一战。如果是那些寻找甲骨的人，我的任务就完成了。

“咚咚”的声音越来越近，我的心也在怦怦乱跳。我紧盯着有动静的那个地方，忽然，一束亮光射进来，接着就出现了一个洞口。洞口越来越大，又出现了一个人头。我看见那个人伸着头往里看，看了一会儿，只听他大叫道，快来看呀！找到了，找到殷商的那个档案馆了。

我长舒了一口气，总算等到这一天了。

洞口处立刻出现了好几个人头，接着就嚷嚷开了，哎，快来看，这个角落还有个大的骨架呢。天哪，这么大的骨架，上面一定刻有好多的文字，说不定是一篇长文章呢。

你说什么呀，你看这哪像是兽骨，这好像是人的骨架嘛。古人是不往人骨上刻字的。再说，你看，是个坐着的姿势，只有人的坐姿是这样的，动物的坐姿不是这样的。

哦，还真是，是个人的骨架。

哎，那这儿怎么会有人的骨架呢？

是呀，怎么会有人的骨架在这儿呢……

乱嚷嚷啥，这可是殷商的一个国家档案馆。资料上有记载，这个人就是这个档案馆里的管理员，他是为了看护这些资料留在这儿的。

片刻的寂静后，天哪，太伟大了。有人感叹，有人唏嘘……

我看见他们一个个都摘下帽子，弯下了腰……

泪水夺眶而出，哗哗地流，流到我热爱的这片土地上……

# 化作一抔土

都五米多深了，还没啥东西……

这一带没啥东西，没挖到过啥墓葬……

墓葬都在那边儿呢……

大家一边议论着一边看着古队长，那意思是说还挖不挖了。

古队长看了看大家，说，没见底，咱还得挖。

古队长之所以这样说，一方面是职业的规矩使然。考古规定，挖掘工作必须见底，才算符合要求。另一方面，凭着她的直觉，她一直觉得这周围有女人味儿。有股强烈的女人味儿在紧紧地裹着她。

当往下又挖了一米多的时候，果然出现了一样东西，有人拿起来仔细一看，是个玉坠！

古队长舒了一口气，这是女人用的东西。

她是谁呢？谁这样拽着自己的心呢？

工人们也都兴奋了。年轻人问，这下面能有啥好东西呀？

考古学家说，别慌，别慌，挖下去就知道了。

那要看是谁，要是个大人物，可能就有好东西。要是一般人，就白挖了。

一件件东西挖出来了，有青铜、玉、宝石、铜镜、骨笄等，大家的呼吸都屏住了。

谁有这么豪华的墓葬呢？

接着，一件大铜钺出现在大家的面前。工人们小心翼翼地清除掉上面的泥土，只见上面有一幅画，画的两边是两个虎头，中间有一个人头。虎像小虎，形象生动。人似成人，面带微笑，表情安详。

这是啥意思？有人问。

古队长说，这是一种纹饰，叫虎吃人头纹，属于人兽题材。表现了人兽和谐、天人合一的意思，也是古代兵权的象征。说明这个墓主有兵权。

她是谁？

再仔细看看，上面应该有名字。古队长的心里冒出一个名字，在这片殷墟的遗址上，除了她还会有谁呢？

人们仔细寻找，果然看见上面刻有铭文，上写“妇好”！

真的是她！古队长的心怦地跳了一下。

据甲骨文记载，妇好是商朝武丁时期人，也是武丁的妻子。她生前曾主持祭祀，从事征战。最多的一次曾经带兵一万三千多人，她地位显赫，劳苦功高。发现她，这在考古界可是一个重大发现。

工人们也很兴奋，挖到大人物了。

那她长啥样呢？有三头六臂？

人们都笑了。

去去去，一边儿去，再显赫也是个人。

估计是个女汉子。

不对，那得比女汉子更女汉子。你想想，古代的兵器都多重啊，一般人能拿得起来吗？能耍起来吗？

也不对，人家是皇后呢。一般人能当皇后吗？那得名门望族的女儿，才有资格被选上。你想想，位高权重者的女儿，能是个女汉子吗？那都是知书达理、琴棋书画样样通的窈窕淑女。

好了，好了，考古学家止住了大家的嚷嚷，赶紧挖吧，到底就能看见了。

当人们挖到底，终于发现了棺椁，人们的呼吸都停止了。因为只要打开棺椁，再打开棺材，就能看见墓主人的真容了。

古队长咕咚咕咚灌了几口水，身上热起来。她感觉妇好已经走到她身边，流着泪，向她诉说什么，可她一句话也没听懂。

有人喊，古队长，该打开了。

打开打开，赶快打开。她也想看看这个跟她说话的女人长什么样。

人们都围过来，一起看着里面。

棺椁边的几个人站在那儿，不动，过了一会儿，又扭头问，打开吧？

古队长说，打开打开，别紧张，小心点儿。古队长的心又怦怦跳了几下。

棺椁打开了，人们不觉往前走了几步，紧盯着里面……

很快大家的心就凉了，因为里面什么也没有，只看见周围摆放了一圈儿作货币用的海贝。

咋回事儿？古队长心里犯疑，咋没有棺材呢？难道弄错了？

经过仔细寻找，人们终于在海贝的中间看到了一大片红色的土，土上有好多红黑相间的漆皮……

一瞬间，大家全都明白了。

古队长的泪刷一下就流下来了……

# 华佗之死

华佗在曹府中待了一段时间，不禁怀念起了在外面的生活。那时候，自己整天骑个小毛驴儿，悠悠然地走在乡间的小道上。给人看病时，病人都是眼巴巴地看着自己，那滋味儿，是种享受啊。

可在这里，自己得眼巴巴地看着别人，没有自由，还得随时听候召唤，心中实在不爽，就想着回去。

可又一想，外面的小日子自由是自由，可给人看病的收入只能混个肚皮圆，在曹府里过的却是锦衣玉食的生活。若能在这里混个一官半职，也好光耀祖宗。

这天，华佗正在犯傻，有人来唤，说曹操头疼病又犯了，让他赶快去。

华佗走进屋里，见曹操躺在床上，一副要死要活的样子，忙拿出针来，在曹操胸椎部的一个穴位上扎了下去，曹操立刻感到好多了。曹操问，你看我这病到底能不能除根儿啊？这都多长时间了？

华佗说，你的病根儿在头上，所以不好治。我早说过，除非做开颅手术，否则就只能这样慢慢用药、扎针，缓解一下。

曹操不悦，心想你小子不会是耍我吧？开颅？在头上捣鼓，那不是要我的命吗？你治好了多少人的病！连陈登那样难治的病都治好了，还能预测三年后那病会复发，结果都应验了。为啥就治不了我的病呢？这么长时间了，整天就是扎个针，也不给我除根儿，这不是折磨我吗？是不是有啥想法呀？拿这个说事儿呢？嘴上说，不好治那就慢慢来吧。

官渡之战前，袁绍的笔杆子陈琳在书写的檄文中，历数曹操的罪状，并辱骂曹操的先祖，还说曹操是宦官阉人的后代，气得曹操抱着头在床上打滚。手下人一看，嗷一声冲上去，就把袁绍打败了。

回来后，曹操下决心要彻底根除头疼病，就按华佗说的，做开颅手术。有啥大不了的，不就是个手术吗？而且还有“麻沸散”！自己整天出生入死，驰骋沙场，千军万马都不怕，还怕这个吗？

华佗很高兴，早就想这样做了。治好了曹操的病，曹操一高兴，说不定自己的愿望就实现了。

华佗一连忙了好几天，又是准备器械，又是消毒，还准备了好几套方案，以应对突发情况。

到了预定的手术时间，华佗正准备去曹操那儿，忽有人来传话，说曹操不做了，有事儿。

后来才知道，曹操还是有些担心手术的风险。何况华佗曾给关公“刮骨疗伤”，私交也不错，而关公却死在自己的手上……

华佗苦笑，自己就是一介乡野郎中，就是给人看病的，哪有看病人不希望病人好的道理呢？

华佗想了想，就禀告说，老婆病了，得回家一趟。曹操准了。

假期满了，华佗没回来。

没回来倒也没啥，误不了军政大事。曹操的病又犯了，疼得要死要活的，军政大事只得暂时搁一边儿了。

看来是真离不开华佗了，曹操想，要不给他提高点儿待遇，或者升个级啥的？毕竟人家在这儿给咱服务，也挺辛苦的。可又一想，给他的待遇已经是最高的了，要是再给他个什么特殊待遇，恐怕对大家不好交代。再说，若是开了这个头，以后咋工作呢？

于是曹操让人给华佗写信，问他老婆的病好了没，好了就回来。

华佗回信答，老婆的病还没好呢，好了就回去。

曹操就有些疑惑了：这么长时间了，若是华佗的老婆真病着，自己是不是也该有个表示？于是他赶忙安排人去查看,还带了不少礼物。

使者是准备以一种悲伤的神情进门的，可当看清院中正在练“五禽戏”的那对男女的真实面容时，顿时就傻了。

曹操让华佗下了大狱，不久就处死了。

小样儿，也不看看是谁？跟我玩儿，能有你好吗？

# 无 名 氏

战争总是无法避免的。

有一次，商王跟邻近的鬼方国打，为了抢占一个山头，打了三天三夜，也没攻下来。有人就想从山的背后突袭过去，可山高坡陡，一时没了办法。

他们派人去找当地的老乡，走了好远也没看见个村子。这时他们发现了一个放羊的孩子，于是上前询问。那孩子听说他们想去攻打鬼方国，想找上山的路，立刻说，我带路就行，我整天在这一带放羊，熟悉路。

军情紧急，大家也顾不得他是个孩子，把一根绳子拴在他的腰上，告诉他如何做，他点点头，蹭蹭几下就消失在了树丛中。

过了一会儿，一根绳子就从上面掉下来了。大家顺绳而上，从背后突袭，鬼方国的人还没弄清咋回事儿，就成了俘虏。

等大家找到那个孩子时，只见他已倒在地上，浑身是血。头上还有两支被深深射进去的箭。

大家赶紧去拔，却拔不出来。

在掩埋时，大家把他的事迹刻在甲骨上，这时才想起，还不知道他的名字呢，只知道他才十五岁，是个放羊的孩子，于是大家把刻着他的事迹的甲骨和他一起埋葬了。

我是在参观殷墟博物馆时，听讲解员讲的这个故事。当时他介绍，为了研究历史，国家对殷墟进行了发掘，在发掘武丁时期的墓葬群时，发现了这座墓，看了甲骨上的记载才知道他的事迹。所以在办这个展厅时，他们就把他放在这儿了。但他的身子已经没有了，只剩下头骨，只好放头骨，供人参观。

我看了看那块头骨，眼窝深陷着，颅骨上直愣愣地插着两支箭头。在他的旁边，写着：无名氏。

我哆嗦了一下，因为我想起了刚才讲解员讲的那个故事。

哎呀，才十五岁呀！旁边有人唏嘘。

可不是，还是个孩子呢。

你看那箭头……唉，孩子遭罪了。

问题是，连个名字都没留下呀。

是啊是啊，哪次打仗不死人？可有名有姓的只是少数，大多数都没有留下姓名。

是，你没见好多地方都建有无名碑吗？就是为了纪念那些无名英雄。

我赶紧向那块头骨恭恭敬敬地鞠了一躬，心里才觉得好受点儿。

回去的路上，眼前一直有个画面：漫山遍野的山坡上，山花烂漫。一群羊正在悠闲地吃草。旁边有个孩子，满脸稚嫩，手里拿着一片叶子，放在嘴上吹着……

村口，一个老人站在那里，手里还拿着一件孩子的衣服，痴痴地望着前面……

下车了。

喧闹中，画面没有了。

回头望去，他已经彻底定格在博物馆那儿了……

# 相　思　亭

她是到这个景区来游览的。这个景区是三千多年前的一个帝王的宫殿遗址，经过整修，现在成了当地的一个响当当的旅游景点。

不是节假日，人并不多。她没有要讲解员，而是选择了自由游览。她喜欢这样。

以前到其他景区，听讲解员讲解，很仓促，往往理解不透彻，似懂非懂，了解不多。

在看了几个景点后，她有些忘我。那些古色古香的生活用具、生产工具，似乎使她沉浸在那个古老的世界里。她走到一面铜镜面前时，仿佛看见了一个美妙的女子，正坐在梳妆台前，对着镜子梳理自己的秀发。

斜阳照下来，小路上洒满了被树枝亲吻过的片片阳光，很好看。她有些恍惚，有点儿今夕何年的感觉。

这时，她看见了“相思亭”三个字。

她停下来，看着这个亭子，亭子不大，但那三个字很吸引人。她往下看下面的介绍。

这是一个凄美的爱情故事。她一边看，一边往下念……国王很宠爱的一个妃子，由于操劳过度，过早地去世了。国王很心疼，就把她葬在了皇宫里面，以便时时能看到她……

不是的!

她好像听见有什么声音响起……

哦，这是个坟墓。她想，怎么在皇宫里面还有个坟墓呢?

你想想……

又有个声音响起……

她抬头看了看，没人，又往周围看了看，也没人。

她继续往下看，又开始念……后来又在这里建了个亭子，国王亲自题名叫“相思亭”。

不是的！

又有声音响起！她忍不住抬头问，是谁？

我就是那个妃子。

哦？你在哪儿？出来说话。

唉，我还是不出来的好，我怕吓着你。这都三千多年了，我自己都不知道自己成啥样子了。

哦，那你想说什么呢？刚才你都说了些啥？

我想告诉你真相。

好啊，那你说。

那时不像现在这样平静。那时候的形势是，大大小小的国家多着呢，但地盘儿都不大。所以，谁都想搞扩张，都想吃掉对方。每个国家都急需人才，我们陈国于是就准备来一场“比武擂台赛”。我学过武术，得了名次，国王就娶了我。知道了吗？

继续说。

后来我就经常出征。你想，国王有那么多的嫔妃，娶我干啥？

我不知道。她说。

就是让你去卖命呗。有一回，我受伤了，一直治不好，御医的药、民间的药都吃了，也不管用，我就死了。

哦——

死了倒没啥，国王的妃子多着呢。

那是那是。

麻烦来了。

麻烦啥？埋了不就得了？

哎呀，你不知道，有规矩的。像我，是出征时受伤死的，不是正常死亡，不吉利，不能进皇族墓地里。

那咋办呢？

埋到荒郊野地里，有失身份，也丢他们的面子。所以，无奈之下，他们就把我埋到了皇宫后边的园子里。

我说这里咋会有个坟墓呢，原来是这样。

现在明白了吧？

明白了。不过国王对你也不错啊，还给你建了个亭子，国王还亲自题名叫“相思亭”。

你也信这个？那都是人编出来的。你就不想想，这都多少年了？如果真有那几个字，现在还能看见吗？

这上面说得有鼻子有眼儿的，像那么回事儿啊。

不那么编，人们能信吗？

那你说，你们就一点儿感情也没有吗？

唉，怎么说呢？刚进宫时，是有过一段美好的时光……有一次，我打了个大胜仗,国王很高兴,亲自到宫门外去迎接我……后来病重时，国王还亲自为我熬过药……

一拨人过来了，他们走到亭子前，讲解员开始讲解，这就是著名的“相思亭”……

她赶紧往一边儿躲了一下，闪开了，那妃子也不吭声儿了。

讲解员继续说，这是一个凄美的爱情故事……

# 刘 阿 斗

## 一

大厅内，烛火通明。

刘阿斗坐在龙椅上，看着下面的那些文武大臣。

大臣们有坐着的，有站着的，一个个都神思不定，你看看我，我看看你，谁也不说话。

先前有紧急军情来报，绵竹失守了。绵竹是成都的门户，这大门一打开，院儿里还能守住吗？

咋办？都说话呀！刘阿斗忍不住了。

一文臣站起来说，依我看，绵竹失守，成都怕是保不住了。摆在我们面前的有三条路：第一条路——拼死一战，来个鱼死网破。但问题是，如果要继续打，以目前我们的国力和武器装备是很难打胜仗的。大家都知道，三国中，本来我们就是最弱的，加上连年征战讨伐，人民生活已经很苦了。加上地方势力的干扰和不配合，我们不可能有更多的后援。说白了，就是鸡蛋碰石头，去送死。

刘阿斗想起那次去视察，一路上有许多讨饭的人。进入一村子里，看到衣衫褴褛的人们，他都忍不住掉了泪。

第二条路，文臣说，我们也可以暂时撤退到东部的偏远山区，在那里休养生息以图东山再起。如果这样，那战争就得继续打下去。从父辈们开始，战争已经打了多年了，人们早已厌倦了，都渴望过上安定的生活，战士们也早就想过老婆孩子热炕头的日子了。在这样的情况下，我们还能打胜吗？

刘阿斗的心动了一下，当年老爹长坂坡战败，竟不顾俺们娘儿俩死活，自己就跑了。后来俺们好不容易被赵云叔叔救了出来，老爹又当着众人的面，把俺摔地上。他的那些弟兄们倒是很感动，从此对他更加肝脑涂地了，可俺的头至今还老晕乎乎的。

文臣最后又说，最后一条路谁都不愿意走，谁想落这骂名呢？而且落骂名的首先是主公。他看了看刘阿斗，说，还有掉脑袋的风险。文臣看刘阿斗没反应，低头继续说，不过老百姓知道后，也许会松一口气，说，哦，这一切终于结束了。

刘阿斗也舒了一口气，当了几年皇帝才知道，这皇帝也不是好当的，表面上光鲜，实际在苦海里煎熬，要是能脱离苦海，过几天逍遥自在的日子，那何尝不是一种幸福呢？

刘阿斗正想着，就见一武臣猛地站起来，用刀指着那文臣，骂道，呸，难道你想投降吗？我先斩了你！

此阵势吓得刘阿斗的身子往后一缩。

刘阿斗说，都什么时候了，还斗气？你说吧，咋办？

武臣说，主公，别听他瞎说。什么一啊二的，您下命令吧，能战死沙场是我们军人的荣耀。只要您给我一队人马，我保证收复绵竹，保您在成都平安无事。

其他武臣也都站起来，纷纷挺胸立正，说，主公，下令吧……

文臣中又站出一个人，说，不行啊。诸葛瞻这一败，恐军士们的情绪受影响，人心浮动。而敌人打了胜仗，士气正旺，可乘胜追击，势如破竹。如果我们这时迎战，恐很难取胜，不如缓一缓，待他们的情绪低落一些，我们再打，把握大些。

你长谁的威风？一武臣冲到他面前，怒问，绵竹到这儿有多远？来得及缓一缓吗？说不定这会儿邓艾那小子正往这儿赶路呢。

前方情报来了没？武臣对一边喊道。有人答，没呢，山高路远，情报不好收集。他厉声说，什么山高路远？此时我们生死存亡，在此一举。速把情报弄清送来！否则格杀勿论！

会场安静了一会儿，刘阿斗开口道，其他人也说说吧，大家都议议……

大厅内开了锅，一片嚷嚷声。总结起来，文臣们都扳着指头在说一二三。武臣们一致地叫嚷，打！只有打，我们才有活路！有几个人还扭打在一起……

刘阿斗一拍桌子，行了，成何体统？投票表决吧……

第二天，刘阿斗让人把自己的双手在背后绑起来，领着文武百官到城外迎接他的敌人——魏国大将邓艾将军……

## 二

刘阿斗正在花地里和村民们一起给花浇水，忽有人来报，魏国国君的特使到了。

刘阿斗的眉头一皱，又来监视了，都十年了，还不放心！

刘阿斗拍拍身上的土，往家走去。走着走着，刘阿斗还是为自己暗暗地捏了一把汗。

自从魏国人把他软禁在这里，已经十年了。魏国人在周围给他画了个圈儿，只准他在圈儿里活动，圈儿外就是魏国的卫兵。

刘阿斗想想自己的处境，就禁不住泪水涟涟。自己是坐牢的命。亲妈是小妾，老爹在老家有老婆孩子，只不过他们都没有跟着老爹南征北战。所以老爹才不在乎自己，才把他往地上摔。后来他一看见老爹就哆嗦，所以申请种花，免得在他面前整天摇摆，惹他烦了，怕小命难保。

后来老爹嫡生的死了，才轮着自己接班。可有相父在身边待着，自己老长不大。刘阿斗一琢磨，来日方长，自己种花去吧，让相父干。

好不容易当了家，可人算不如天算，魏国人又打过来了。相父在世时说过，这天下大事儿，分久必合，合久必分，天下一统是迟早的事儿。所以为了顺应历史潮流，也为了老百姓免遭苦难，就走了那步棋。

现在得骂名的是自己，受苦受罪的也是自己。这也罢了，魏国人还整天不定时地来监视他。落草的凤凰就是鸡，不定什么时候自己的小命就没了。

酒足饭饱，特使说，我来时听说您正在花地里给花浇水？

刘阿斗说，是啊。

特使说，干点儿活儿，活动下身体，也是件好事儿。

刘阿斗心里想，不是好事儿也得干，不干小命就没了。刘阿斗嘴上说，自从我住到了这里，这里就是我的第二故乡，故乡的山山水水连着我的心。我看见这里的百姓都比较贫苦，就想着让他们脱贫致富。观察了一段时间，我发现这里的环境气候很好，适合种花，于是就向他们推荐带来的花种，并指导他们种植，将来养好了可以卖出去，老百姓的生活就好了。

特使说，嗯，不错。安乐公（刘阿斗投降后被封的爵位）是个体恤百姓的人。可惜生不逢时啊……哦，对了，我好像记得侍弄花草就是你的嗜好。

刘阿斗心里想，不弄花草，小命难保。他嘴里说，是啊，我喜欢花。也喜欢种花。种花养花就是我的一大乐趣。

特使说，那你还想念蜀国吗？想念那儿的生活吗？

刘阿斗说，不想。我在这里待久了，和这里的百姓相处得很好。您看，我还写了首诗呢。说着他让人从屋里取来早已写好的那首诗。

特使边看边念：东临蜀水观鱼跃，西近太行听鹿鸣；晚间蛙声碎悦耳，朝云截松如仙境。

好！特使击掌叫好，既押韵又感情真挚。安乐公的才能了得！忽然他的脸一拉，那咱到您的花地去看看？

刘阿斗说，好啊，咱去看看吧。路过一条小河时，刘阿斗告诉特使，自己平时也经常来这里钓鱼，刚才饭桌上的那条鱼就是自己钓的。

花地里有好多品种。刘阿斗一一向特使介绍。这是桂花，这是兰松，那是蜡梅……此时，有的花儿开了，有的正含苞待放。远看红的像血，白的似雪，黄的像金子。一阵风吹来，花儿们摇头摆脑，一起向特使

点头微笑。特使说，花儿养得不错，回去我给您美言几句，看能不能放宽对您的管制。

不久，魏国人就把看管刘阿斗的兵撤走了。

## 三

话说刘备到了阴间，心里总是放心不下阿斗。阿斗虽不是嫡出，可也是自己的儿子啊。再说，阿斗的脑子有点儿——唉，都怪自己。咋说呢？你说当时那情景、那气氛，赵云为了救他在曹军的围追堵截中七进七出，回来后浑身是血，却把阿斗完好地交给了我。你说我能不感动吗？我一感动就把阿斗摔地上了，当时也没多想，也顾不上多想。可慢慢地就看出问题来了，阿斗和别的孩子不太一样，周围的人也说阿斗的脑子没问题。阿斗后来整天养花，对当皇帝不感兴趣。我死后，那一干人还不知道怎么折腾呢。所以我才在临终时对诸葛亮那样说，阿斗能扶就扶，不能扶就取而代之。我也是为儿子好，担心儿子被人杀了，想给儿子留条命啊。

后来刘备听说了阿斗的一些事儿，就想去看看儿子。可阎王爷不准假，说他杀了那么多人，得赎罪。他只好努力干活，期盼着早早赎完罪，好去看儿子。

刚才有小鬼来传令，说是他的罪赎完了，可以去外面溜达溜达了。

刘备急急地往关押儿子的地方走，刚到村口，就看见路上有块大招牌，上写：中国花木之乡阿斗寨。刘备的眼圈儿红了一下。

进到儿子家，满院子的野草长了那么高。一打听，原来儿子也死了几十年了。

刘备向村民们询问儿子在这儿的情况，村民们七嘴八舌，都说，阿斗在这儿时，教会了我们种花。现在我们这儿成了著名的花木之乡。我们种的花远销省内外。我们不能忘阿斗啊。所以我们就把这个村改名叫“阿斗寨”。

刘备想起村口的那块招牌，不禁心酸了一阵儿。

刘备又回到儿子家。他在儿子家里驻足良久，仔细察看，想象着儿子在这里生活的各种场景，终于流下了泪。后来他发现了院子的墙上有字，上前一看，竟是儿子的字。经仔细辨认，竟然是儿子写的一首诗。不过好多字都已模糊不清，只看清了两句。他轻声念道：青壮取乐不求进，晚年植树作园工。

刘备扑哧笑了，好小子，终于悟出来了。当年只知道玩儿——种花弄草，不好好念书，不求上进，结果怎么样？后悔了吧？

刘备走出儿子家时，心里彻底放下了。

# 面　具

兰陵王长得秀气俊美，一副弱不禁风的样。

北齐年间，征战不断，因此兰陵王经常被派去打仗。可每到阵前，对方一看见他那个样子，扑哧一声就笑了。没人了咋地？派个花木兰？

这让兰陵王很没面子，也很恼火。要知道，兰陵王不仅是北齐的宗室，也是北齐的将军。兰陵王一生气，就让人做了个凶神恶煞的假面具，每次出征都把它戴在头上。这一招果然有效，对方一看见来了个凶神恶煞的怪物，也弄不清是哪路神仙，都吓得纷纷退让。兰陵王乘胜追击，对方就溃不成军败下阵来。

因此，每每征战，皇帝都派兰陵王上阵。兰陵王为了国家的利益，也是义不容辞，每次都是冲锋在前，英勇杀敌。

皇帝很高兴，经常赏赐他一些名贵的珍宝和绸缎什么的。

邙山之战，打得太漂亮了，皇帝特地赏赐给他一瓶好酒。

兰陵王就邀三五好友来家小聚。那张凶神恶煞的假面具却摘不下来，他用手使劲儿扯，也扯不掉，又让人帮忙，最后弄得脸上血迹斑斑，面具也没扯下来。

他来到医院，要求摘掉这个该死的假面具。医生看了看，又在他的脸上摸索一阵子，最后摇摇头，说，不行，面具摘不下来。

兰陵王问，为啥？

医生说，您经常戴，时间一长，它就同你的皮肉黏在一起了，除非把整张脸皮都刮掉。

这怎么可能？兰陵王愤怒了，滚！

兰陵王像以前一样，该干啥仍干啥。

可慢慢地，他发现，人们看见他，都小心翼翼、诚惶诚恐。有的人一看见他，赶紧闪开，很害怕的样子。

兰陵王迷惑不解，以前大家看见他，不是这样的呀，咋回事儿？

有一天，兰陵王看见一个人又要跑，一把拽住他，问，跑啥？

那人看看他，低下头。

他把那人的头扳起来，说，你说，否则定你罪。

那人看看他，塌下眼睛说，您的脸太可怕了。

兰陵王说，邙山之战，我去增援，你们在城墙上不开门，后来我报了姓名，你们就从城墙上跳下来，打开城门迎接我，才取得了那次战役的胜利。现在为啥又这样？

那次是您摘下了假面具。那人说。

将军，您忘了？我们在上边不敢开门，您就摘下假面具，我们一看真的是您，才从城墙上跳下来。现在您整天戴着个假面具……那人又低下了头。兰陵王找到有关专家，请求他们想想办法。

专家对着他的脸看了一会儿，让他去拍个片子。

等片子出来，专家们研究了半天，最后对他摊摊手，说，对不起，我们实在无能为力，面具同你的脸融为一体了。

兰陵王不出门了，整天待在家里，写写字，画画山水画。

有一天，他刚把一幅画铺展开，想再改一下，就听到窗外有啾啾的鸟叫声。他仔细一看，原来树上竟然有了新芽儿。

兰陵王到园子里赏了一阵儿春景，心情大好，想起好久没见到友人了，就往友人家走去。此时天已黑了，友人一开门，兰陵王还没说话，就听“啊”的一声——友人倒下去了。

事后，兰陵王派人送去了好多礼品进行安抚。

此后，兰陵王再也不出去了。

后来，兰陵王自己也害怕出去了。他一想到要出去，就开始发抖。他不知道外面变成啥样了，也不知道自己变成啥样了。

再后来，兰陵王死了，死时三十二岁。

# 较　量

吕雉坐在龙椅上，看着跪在下面的戚夫人。戚夫人穿着笨重的囚衣，神情凄然。吕雉从鼻子里徐徐地哼出一股白烟：你也有今天！你唱啊跳啊，往日的春风得意劲儿哪儿去了？

刘邦病了，而且很重。皇上病重最大的问题是啥？那就是接班人的问题呀。国不可一日无君。

本来这个问题早就解决了，当初刘邦一登上皇位，就确立了嫡长子为太子，也就是吕雉生的儿子。

戚夫人是刘邦身边的宠妃，也生了个儿子。儿子就是自己的未来呀，你说能安安静静地不起风浪吗？

再说，戚夫人是谁呀？她可不是个甘于寂寞的女人！她也得弄出点儿动静来！她本是个良家民女，当初是因为救了刘邦，才被纳为妾的。她之所以这样做完全是为了保护自己。俗话说得好，权力斗争，你不杀他，他就杀你，没有第三条道路。她年轻漂亮，能歌善舞，回眸一笑百媚生，刘邦对她也百般疼爱。但多年的宫廷生涯，告诉她，现在有刘邦在，自己吃香。要是刘邦一蹬腿儿呢？所以，她也早就秘密活动开了。

戚夫人在刘邦耳旁吹耳边风，哭诉，刘邦竟然就真的答应她要废掉吕雉的儿子，立她的儿子为太子。这事儿已经议过一次了，最后由于大臣们的坚决反对，不了了之。这就成了她的心病。

现在事已至此，到了火烧眉毛的时候，她就更着急了。

这一日，她见刘邦心情不好，就给刘邦唱了一首“故乡小调”。然后又跳“甩袖舞”，舞姿美极了。刘邦看着看着，脸上渐渐有了喜色。

她停下来，说，陛下，太子的事儿，还是赶紧定下来吧……她小心翼翼地看着刘邦，看刘邦并没有多大的反应，就接着说，陛下，您也知道，俺娘俩在宫里，就指望您了。要是您哪天有个三长两短，俺娘俩咋过？说着又悲悲凄凄地哭起来了。

刘邦想了想，说，等大臣议事儿的时候，我再提提，真不行的话，我就使用一票否决权，把这事儿定下来。你放心吧。

吕雉知道后坐不住了。这消息是吕雉安插在戚夫人身边的内线告诉她的。

吕雉早就失宠了。说起来，吕雉就伤心。先不说那些耕田犁地、照顾一家老小的事儿，单说刘邦自从上山当了土匪，她就受牵连倒了霉。先是坐牢，后来又当人质。好不容易回到了丈夫身边，可丈夫的身边却站了个戚夫人！偏偏那戚夫人年轻漂亮，能歌善舞，跳起“甩袖舞”，甩得刘邦就没了魂。吕雉只好乖乖退到角落里去过日子。好在吕雉有能拿得出手的资本，那就是她为刘邦生了嫡长子，还为刘邦坐过牢，当过人质。这就是她对刘邦的贡献。再说，按照祖传的规矩，嫡长子是第一顺位接班人。她总会有出头之日的。况且之前已经议过这事儿了，大臣们都坚决反对，使得戚夫人的计划没有得逞。现在看来，这小妖精还是不死心，她立刻发动身边的人，进行串联活动，搞拉票。好在大家都支持她。别看大家平时都不言不语的，心里都明白着呢。她过的啥日子，大家都看在眼里呢。有人还给她出主意，说是把刘邦都请不动的那个隐居的高人，给请出来帮助太子，太子的位子就稳了。吕雉立刻让人带了贵重的礼物去请，那隐士听说是去辅助太子，知道太子脾气好，又和善，不像刘邦那样粗鲁，张口就骂人，就跟着来了。

刘邦驾崩了，没来得及定下废太子的事儿。戚夫人哭成了泪人儿。

吕雉看着跪在下面的戚夫人。戚夫人穿着笨重的囚衣，神情木然，脸色苍白。吕雉问，你还有话说吗？

戚夫人一抬头，苍白的脸一下子红润起来，说，要杀要砍随你！没话说！

拉出去，给我斩了！剁成肉酱！

吕雉歇斯底里地喊出一句，就觉得天旋地转，身子开始摇晃，接着就倒在地上了……

# 第四辑 在我心中，你最美

人生中，让你怦然心动的总是不经意的那个瞬间。那个瞬间会让你永存心底！

人生中，总有一些温暖，会在你疲惫不堪时给你力量，让你爬起来，重新启程！

也许，有些东西你改变不了。

因为人生没有撤回键，也没有停止键，你只能往前走，你永远在前行的路上。

# 在我心中，你最美

电话响了。

她拿过电话，听见里面有个声音说，老同学，我是王大海。

她哦了一声，一时没反应过来。

记不记得我？忘了吗？

…………

我是王大海……忘了那次你的胳膊肘越过了三八线，我给了你一拳。你就报告了老师，老师让我到院子里罚站。

哦……她扑哧笑了，王大海，老同学……

想起来了吧？唉，找你真不容易啊。我联系了好几个人，最后才找到你的电话。

你还好吧？

还好，还好……你在哪儿呀？

我在深圳。

你咋跑深圳去了？

那年我下岗后，就到这儿来了。现在已经在这儿买了房子了。

哦……那你混得还可以啊，比我强。

唉，啥强不强的？吃饭是不用发愁了。现在每天的任务就是接送孙子上下学。

老伴呢？

她身体还可以，买买菜，做做饭。晚上我们一起上街转转。

哦，你……

我没啥事……最近想回去一趟，回去后我们见个面吧。还约了几个同学，大家都好久不见了，一起见见吧。

好啊，行。

那我回去后再跟你联系。

好。

不一会儿，短信铃声响了，她打开一看，是王大海发过来的，只见上面写着：老同学啊，几十年了，一直忘不掉你。还记得吗？那次我们参加劳动，天很热。休息时，你用手在那儿一扇一扇的，当时你穿着白衬衣和蓝裙子，脖子上戴条红领巾。在我心中，你最美！

# 历　史

外面，炮声隆隆，枪声密集……

屋里，加急电报一封封地送进来，上面都写着：请求增援！请求增援！

指挥长像热锅上的蚂蚁，从这头走向那头，又从那头走回这头……

他的脑海里不停地切换着几个画面……

加急电报：请求增援！请求增援！

策反人员的话：这是座古城，里面有很多的古迹。假如炮火一打，这些古迹就全完了……为了历史，为了子孙后代，请你三思……

战前，上司握住他的手，问，我待你咋样？他回答，不薄。上司拍拍他的肩，说，拜托了……

副指挥一头闯进来，问，为啥还不见增援？

指挥长停下来，表情平静地看着副指挥，他已经想好了。

副指挥看着他，半天不见动静，很是诧异，又说，前线十万火急呢。

指挥长看着他，沉默不语……

好半天，副指挥才嗫嚅道，难道你，真的……要投诚……

一声枪响，副指挥倒下了。倒下时，两个眼睛还直愣愣地看着他。

枪炮声终于停了，热闹的战场瞬间安静下来。

突然，“砰”的一声，指挥长也倒下了。

# 西行路上

头痛，呕吐，胸闷，自从进入高原以后，这些麻烦就来了。

驴友们告诉她，多喝水。

这个道理她是懂的。出发前她做了充分的准备工作，查阅了大量的有关进高原的资料和一些注意事项。可是，计划赶不上变化，途中遭遇了暴风雪，车队只好停下，她和驴友们在寻找躲避的地方时，不小心滑下了坡。虽经驴友们及时救助，她没伤筋动骨，但却受到不小的惊吓。

本来出发时是八个人，现在剩下六个，两个人离队了。六个人你看我，我看你，最后一致决定：决不掉队，一定要坚持下去，走到目的地！

可她内心里一直犹豫着，特别是滑下坡时的那种惊吓一直笼罩着她。

现在，她又出现了高原反应，而且有越来越严重的趋势。驴友们说，不行就算了。再说，回去休整一下，再实现梦想也不迟。

她确实有点儿不舍，但在连续喝了几杯水后，症状并没有缓解多少，只好收拾行囊离了队。

过一座大桥时，由于车多，人被堵在桥头，一辆辆汽车轰隆隆地驶过。其中有辆车上挂着一条横幅，上写：洛阳顺驰驾校捐助。

她急忙喊，哎——

汽车轰隆隆过去，显然没听见。

她回过神来，才发现自己的眼里有泪。真是老乡见老乡，两眼泪汪汪。家乡的车跑这儿捐助来了。当她出现在前方集结的下一个点时，驴友们都很惊讶，怎么又赶上来了？她笑了笑，没回答。